너는
왜 그렇게
　　생겨
　먹었니

너는 왜 그렇게 생겨 먹었니

살아보니 '이렇게 된' 서른 살 이야기

—

2019년 11월 15일 1판 1쇄 인쇄
2019년 11월 25일 1판 1쇄 발행

—

글 김씨방
그림 사유
펴낸곳 책밥
주소 03986 서울시 마포구 동교로23길 116 3층
전화 번호 02-582-6707
팩스 번호 02-335-6702
홈페이지 www.bookisbab.co.kr
등록 2007. 1. 31. 제313-2007-126호

—

기획·진행 권경자
디자인 프롬디자인

—

ISBN 979-11-86925-97-3 (03810)
정가 14,800원

—

ⓒ 김씨방·사유, 2019

책밥은 (주)오렌지페이퍼의 출판 브랜드입니다.

이 도서의 국립중앙도서관 출판예정도서목록(CIP)은 서지정보유통지원시스템 홈페이지
(http://seoji.nl.go.kr)와 국가자료종합목록시스템(http://www.nl.go.kr/kolisnet)에서
이용하실 수 있습니다. (CIP제어번호 : CIP2019045071)

너는
왜 그렇게
생겨
먹었니

살아 보니
'이렇게 된,
서른 살 이야기

글 김씨방

그림 사유

책밥

"애가 왜 그 모양이니?"

집에서 나가려고 신발을 구겨 신는데, 엄마가 나를 불러 세운다. 대체 누구를 닮아 그 모양이냐면서 내 코트자락을 잡고 늘어진다. 남들이 보면 흉본다면서, 다려 입고 다니라고. 약속 시간에 늦는다고 하는데도 기어이 다리미를 들고 나온다.

나는 어차피 구겨질 거 뭐하러 다리냐는 주의다. 외출복에 대한 기준이 굉장히 낮은데, '흰옷이라면 얼룩이 지지 않은' 정도만 고른다. 내 옷을 사도 며칠이면 모두의 옷이 돼버리는 탓이다. 일찍이 언니들과 옷을 나눠 입었고, 새 옷을 사도 조카들이 잡아 당겨서 금방 헌옷이 된다. 나의 외출복 기준은 엄마와 아빠 모두 닮지 않았다. 엄마 아빠가 만들어준, 그러니까 자라온 환경을 닮았다는 데 더 가깝다.

이따금 다른 사람의 생김새를 들여다보면 낯설다. 집에서 성교육을 받은 친구는 일찍이 산부인과 정기검진을 받으러 다녔고, 자기 방을 가

...

진 친구는 온갖 피규어로 침대 머리맡을 장식했으며, 집에서 식당을 운영하던 친구는 오후 두 시에 점심을 먹었다. 또 사람한테 크게 데인 친구와는 신뢰를 쌓는 데 유독 오랜 시간이 걸렸다.

친구들은 말한다. "원래 그런 거 아니냐"고.

당장 주변 사람들만 봐도 나와 생김새가 다른데, 얼마나 더 많은 생김새가 있을는지. 매일 들여다보는 생김새에 '왜'라는 질문을 가지면 내가 어떤 생활을 해왔는지 볼 수 있다. 아주 어렴풋이 이해할 수 있다. 스스로가 붙인 '못돼 먹기만 한 애'라는 누명도 벗을 수 있지 않을까. 그렇다면 나의 생김새를 뜯어보는 게 시답잖은 일만은 아닐 것이다.

이해해달라는 말은 아니다. 우리는 저마다 다르게 생겨 먹었다.

나에게, 그리고 이 책을 펼친 당신에게도 묻는다.

"너는 왜 그렇게 생겨 먹었니?"

··· 차례 ···

제 1 부

김 씨네 막내딸이라

제 2 부

나도 나랑 안 친해서

제 3부

세상 혼자 사나

제 **4** 부

아직 덜 자라서

김 씨네
막내딸이라

처음
사귄
친구

○ **딸부잣집**

　나는 언니가 셋 있다.

　적게는 다섯 살부터 많게는 아홉 살 터울이다. 우리는 한 방에서 부대끼며 지냈다. 한 이불을 덮고, 같은 옷을 입고, 이름이 채 지워지지 않은 물감도 물려받았다. 다니는 학교와 등하교 시간도 다 달랐다. 언니들은 아침마다 이불 사이를 경중경중 뛰어다니다 내 손이나 발을 밟았다. 나는 우는 동안 잠이 다 깨버려 문간에 서서 언니들을 배웅했다. 그리고 학교에서 돌아오면 언니들을 기다렸다.

　언니들은 또래 친구들과 달랐다.

　내가 간지럼 타는 부위만 골라 침이 나올 때까지 간지럼을 태웠다. 같이 문방구에 가면 내가 다른 애들보다 먼저 오락기 앞에 앉을

　　　　　　　　너는 왜 그렇게 생겨 먹었니

수 있게 해줬다. 매일 누리기 어려운 즐거움이었다. 나는 언니들과 어울리기 위해 필사적이었다. 할머니가 준 용돈을 모아 분식집으로 데려갔다. 언니가 직접 만든 쿠폰도 샀다. 오므라이스 만들어주기와 한 시간 놀아주기 쿠폰이 열 장 들어 있었는데 귀찮다는 이유로 번번이 기부당했다.

우리는 서로에게 필사적이었다. 나와 달리, 언니들은 두 살씩 터울이 져서 비슷한 시기에 사춘기를 맞았다. 그런 까닭에 우리 집 인테리어는 자주 바뀌었다. 싸움만 하면 저금통, 백과사전 등 손에 잡히는 물건을 던졌다. 한 번은 빗자루를 던져 대문 유리를 깼는데, 누가 먼저랄 것도 없이 유리를 쓸어 담았다. 그런 날에는 손발이 잘 맞았다. 중학교에 진학하면서 나도 싸움에 끼어들었다. 정확히는 언니들에게 "야"라고 말하기 시작했다. 곧바로 머리채를 잡혔지만. 나는 이불을 덮어쓰고 소리를 지르다가 눈물범벅인 채로 잠이 들곤 했다. 평생을 저주하겠다고 열 번 넘게 다짐했는데 밤이면 무슨 일 있었냐는 듯 같은 이불을 덮었다.

이불 밖에서 지내는 시간이 늘었다.

우리는 아침 일찍 학교와 재수학원, 직장으로 향했다. 밤늦게 집에 들어오면 방에는 이부자리가 깔려 있었다. 어둔 방에서도 빈자리가 눈에 띄었다. 나는 대자로 누워 다리에 이불을 만 채 잠들었다.

언니들과 마주하는 시간이 줄면서 내가 익숙하게 봐온 모습과 다른 점을 발견했다. 못 본 새 언니들은 머리에 염색을 했고, 내가 텔레비전 채널을 돌려도 말없이 옆에 앉아 있었다. 내가 대학에 입학했을 때 첫째 언니는 나를 신촌 피자집에 데려갔다. 몇 년 전까지만 해도 같이 있고 싶어 했는데, 막상 마주 앉으니 어색했다. 그날따라 언니는 어른 같았다. 어른하고는 어떤 이야기를 해야 할지 몰라 애꿎은 피자 토핑만 뒤적거렸다. 그동안 심부름을 하거나 말대꾸를 하며 간간이 대화를 이어나갔는데 이제는 어떤 모습으로 대해야 할지 몰랐다.

어른하고는 건설적인 대화를 나눠야 한다고 생각한 걸까. 막상 당시의 언니 나이가 돼보니 크게 달라진 건 없는데 말이다.

언니들은 결혼을 해 새로운 가정을 꾸렸다. 어쩐지 결혼 전보다 우리 집에 더 오래 머문다. 이불을 펴고 누워 휴대전화를 만지다 대뜸 "조카랑 놀아줘"라며 내게 말을 건다. 나는 가방을 챙겨 나간다. 한두 시간을 지내다 돌아오면 집 안이 조용하다. 언니네 가족이 남기고 간 설거지거리며 벗어놓은 옷가지를 보다가 한숨을 쉰다. 이

너는 왜 그렇게 생겨 먹었니

불에 누웠는데 아직 온기가 남아 있다. 휴대전화를 들어 언니에게 메시지를 보낸다. "언제 갔어?"

언니들에게 나는 맘 카페 커뮤니티 회원만큼 정보를 주지 못한다. 언니들도 나에게 회사 동료만큼 적절한 퇴근 시간 타이밍을 알려주지 못한다. 우리는 서로에게 마땅히 바라거나 실망하지 않는다. 그래서 시시콜콜하다. 실용적인 이야기보다 우리에게 익숙하고 또 서로를 부끄럽게 만드는 이야기를 한다. 저마다 나를 업어 키웠다거나 서로의 전 남자친구 이름을 끄집어낸다. 누구 말이 맞냐면서 자주 언성을 높이기도 한다. 달라진 게 있다면, 손에 잡히는 물건을 던지는 대신 돈 내기를 한다.

같은 이불을 덮었다는 이유로 시시콜콜할 수 있다.

어릴 적에는 멀게만 느껴졌던 언니들이 지금은 어떤 친구들보다 친숙하다. 동네 친구 대신 같이 곱창에 소주를 마신다. 언니들은 술을 따라주며 잊고 지내던 나의 유년 시절을 상기시켜준다. 또 내가 보지 못한 젊은 시절의 엄마, 아빠의 모습도 말해준다. 같은 공간에서 네 사람이 느낀 감정이 다르다는 걸 알게 된다. 다음날이면 사이좋게 숙취를 앓지만.

우리는 지금 같은 이불을 덮지 않지만, 살을 부대끼며 지냈던 기억으로 계속 시시콜콜할 예정이다. 이제 이런 빈말 한마디쯤 건넬 수 있다.

"오늘 자고 가."

너는 왜 그렇게 생겨 먹었니

하루 벌어
하루 웃는
사람

○ 임금지급봉투

아빠는 넥타이를 매지 않는다.

4대 보험에 가입되어 있지도 여름휴가가 따로 정해져 있지도 않다. 새벽부터 출근해 현장 사무실에서 기다리고 있다가, 과일이며 채소 트럭이 오면 하역 작업을 한다. 우리 아빠는 청과물 시장에서 일한다.

매 학년 초 반에서는 호구조사를 했다.

종이에 가족구성원과 직업란을 채워 다시 제출해야 했다. 나는 아빠의 직업을 뭐라고 적어야 할지 몰랐다. 양복 대신 바람막이를 입고 출근하는 모습을 보면서 막연하게나마 몸 쓰는 직업이라는 것만 알았다. '노동자'라고 썼다가 지웠다. 엄마에게 아빠 직업을 물어보자, 엄마는 잠시 생각하다 이렇게 말했다.

"그냥 회사원이라고 적어."

매해 아빠의 직업란에는 다른 직업이 적혔다. 회사원, 시장 관리, 하역. 아빠는 그날그날 주어진 일을 하고 일급이나 주급으로 급여를 받았다. 곰곰이 생각해봐도 아빠의 직업을 한마디로 표현할 수 있는 말은 일용직 노동자였다. 사람들 앞에서 꺼내기에는 무거운 단어였다. 다른 아빠들만큼 배우지 못했거나 재능이 없어서 그런 일을 하는 거라고 생각했다. 아빠의 직업이 곧 나의 얼굴인 것만 같았다. '일용직 노동자의 딸'로 불리고 싶지 않았다.

걱정과 달리 나는 일용직 노동자의 딸로 불리지는 않았다. 아빠의 직업을 한마디로 말하는 대신, 아빠가 매번 다른 시간에 시장으로 출근한다며 뭉뚱그렸다. 늘 불분명하게 이야기하면서 한편으로 아빠의 직업에 대해 거짓말하지 않았다고 스스로 위로했다.

사람들에게 보여주는 나의 얼굴과 진짜 얼굴은 달랐다.
친구들에게 이야기하는 아빠의 직업과 내가 바라보는 아빠의 생활은 달랐다. 작업량이 많은 날에는 아빠의 얼굴을 보기 어려웠다. 평

너는 왜 그렇게 생겨 먹었니

일과 주말 할 것 없이 새벽에 출근했고, 그곳에서 잠을 잔 적도 많다. 아빠가 집에 있는 날이면 꼭 사과식초 냄새가 났다. 아빠는 사과식초를 희석한 물에 발을 담그고 가위 날로 굳은살을 긁어냈다.

그때마다 거실 텔레비전 옆에는 임금지급봉투가 놓여 있었다. 갱지로 만든 봉투에는 날짜 칸이 그려져 있고, 칸마다 파란 도장으로 액수가 찍혀 있었다. 아빠는 유독 여름과 명절에 바빴다. 과일이며 채소가 가장 많이 들어왔기 때문이다. 나는 여름이 좋았다. 아빠가 집에 없으면 텔레비전 볼륨을 높일 수 있었고, 엄마와 아빠도 밤마다 언성을 높이지 않았다.

내가 아는 한 아빠의 얼굴은 매일 달랐다. 아빠는 일하는 만큼 돈을 벌었다. 그건 아빠가 하고 싶다고 할 수 있는 일이 아니었다. 그해 날씨가 좋고 수요도 많아야 했다. 그날 하지 않으면 다음날 하지 못할 수도 있었다. 어떤 날에는 15만 원을 받아왔고, 어떤 날에는 빈손으로 돌아왔다.

임금지급봉투는 거짓말을 하지 않는다. 아빠는 거짓말을 할 수 없었다. 그래서 매일 표정이 달랐다. 봉투가 두꺼운 날에는 환한 표정으로 통닭을 사왔고, 돈을 벌어오지 못한 날에는 말이 없었다. 아빠

너는 왜 그렇게 생겨 먹었니

는 잠꼬대로 누군가에게 욕을 했다. 말소리에 잠에서 깨 가만히 듣고 있다 보면, 아빠에게는 원망할 사람이 참 많다는 생각이 들었다.

일용직 노동자의 딸이라는 건 거짓말하지 못하는 사람의 딸이라는 말과 같을지 모른다. 학창 시절 내가 지켜온 양심은 아빠의 임금 지급봉투 앞에서 무기력해진다. 지금도 나는 누군가 아빠의 직업을 물어오면 한마디로 말하지 못한다. 창피하다거나 숨기고 싶은 뜻은 없다.

단지 한마디로 담아낼 만큼 아빠가 이어가는 하루하루가 가볍지 않다는 걸 안다.

우리는
다른 식탁을
쓴다

○ **참치 통조림**

가방 가득 음식을 넣고 귀가한다.

참치 통조림, 3분 카레, 맥주. 냉동실에 맥주를 얼리는 동안 샤워를 한다. 오늘의 메뉴는 참치 비빔밥이다. 수건으로 젖은 머리카락을 말아 올리고 식탁 앞에 앉는다. 식탁의 형태는 자주 바뀐다. 컴퓨터 책상부터 소파 팔걸이, 잡지 사은품으로 받은 1단 책장까지. 우리는 각기 다른 식탁을 쓴다.

옛집에는 커다란 식탁이 하나 있었다.

실내에 마당이 있는 집이었다. 부엌과 화장실을 가려면 신발을 신어야 했고, 겨울마다 연탄을 지폈다. 아빠는 파주에서 일터까지 자전거 타고 다니던 이야기를 하며 "서울에서 이런 집 한 채 얻기 힘들

너는 왜 그렇게 생겨 먹었니

다"고 연신 강조했다. 나는 고개를 끄덕이면서도 어쩌다 아파트에 사는 친구 집에 가면 부러 오래 머물렀다. 중학교에 들어갈 즈음 그 집을 대대적으로 수리했다. 이후 집에는 몇 가지 변화가 생겼다.

하나, 벽이 부풀었다.

컨테이너로 벽을 세워 여름에는 덥고 겨울에는 추웠다. 곰팡이가 잘 슬어서 벽지가 울었는데, 얼핏 벽이 부푸는 것처럼 보였다.

둘, 손님이 늘었다.

방음이 되지 않아, 벽 쪽으로 머리를 대고 누우면 밤마다 어떤 여자가 꿈속을 또각또각 걸어 다녔다. 누군가는 죽여버린다 했고, 다른 누군가는 가지 말라며 울었다.

셋, 문을 열고 들어온 손님도 있다.

집 수리에 참여한 한 인부는 사장이 임금을 주지 않는다며 거실 바닥을 도끼로 내리찍었다. 아빠는 인부와 소주를 몇 병 마시더니 돈 봉투를 들려 보냈다.

새집에서 새 출발할 수 있을 거라는 바람이 어느 정도 잦아들 즈음, 아빠는 식탁을 주문 제작했다. 그건 누가 봐도 4인용 식탁이었다. 할머니와 아빠, 엄마, 언니들, 그리고 나는 비스듬히 앉아 밥을 먹었다. 아빠는 그 식탁의 튼튼함과 반짝이 풀을 발라놓은 것 같은 광택, 널따란 크기에 대해 이야기했다. 밀어낸 사람도 없는데 모두들 밀려난 사람처럼 위태로워 보였다. 꼭꼭 삼켰다.

식탁에는 몇 가지 반찬과 밥이 올라왔다. 국은 있을 때도, 없을 때도 있었다. 아빠는 식탁에 숟가락을 세게 내려놓으며 크게 화를 냈다. 자주는 아니지만, 기분이 안 좋을 땐 스댕 그릇이 날아왔다. 스댕 그릇에는 물이 찰랑하게 담겨 있었고, 언니들과 나는 가끔 젖었다. 부러 하루의 일과를 말하지 않는 것, 위태로운 사람에게는 어떠한 말도 위태로울 수 있다는 것을 그때 배웠다. 당시 드라마를 보면 식사 후 꼭 소파에 둘러앉아 과일을 먹었다. 나는 단정하게 깎은 사과와 멜론 같은 과일에 낯설음을 느꼈다.

가족이 30년 넘게 산 집을 떠났다.

새로 이사한 집에서는 이전 세입자가 남기고 간 식탁을 쓴다. 식탁이 한 번 바뀌는 동안 할머니가 돌아가셨고, 아빠가 조금 작아졌다. 나는 키가 부쩍 자랐다. 언니들은 결혼했고, 엄마와 아빠, 나는 직장에 다닌다. 우리는 이제 같은 식탁을 쓰지 않는다. 내가 회사를 다니기 시작할 즈음, 그러니까 우리가 각기 다른 시간에 귀가하고

너는 왜 그렇게 생겨 먹었니

다시 집을 나서기 시작한 때부터였던 것 같다.

　더 곰곰이 생각해보면 아빠를 좋아할 수도, 미워할 수도 없게 된 때부터였던 것 같다.

　아빠가 식탁에 앉으려고 하면, 나는 한입 가득 남은 밥을 욱여넣었다. 한두 번 하다가 결국 거실에 따로 상을 펴거나 그릇에 밥과 국 건더기를 덜어 방으로 향한다. 아빠와 한 식탁에서 밥 먹는 일을 상상하면 숨이 턱 막힌다. 아빠는 더 이상 스뎅 그릇을 던지지 않는다. 하지만 좋아할 수 없다. 내 기억 속 아빠는 4인용 식탁을 매만지던 모습 그대로 멈춰 있다. 남에게는 인심 좋지만 가족에게는 인색한 아빠, 말이 거친 아빠, 식탁을 매만지며 잘 살고 있다고 위로하던 아빠, 언젠가는 인심이 돌아온다고 여기던 아빠, 홀어머니 밑에서 자라 아버지의 역할을 몰랐던 아빠, 거친 현장에서 일하던 아빠. 나는 아빠를 미워할 수도 없다.

　반찬을 만들어봐도 고루 먹지 않아 곧잘 쉰다.

　엄마는 '먹어치워'라는 말을 자주 한다. 이제는 예전만큼 반찬을 자주, 그리고 많이 만들지 않는다. 반찬의 가짓수가 적다는 것은 참 간편한 일이다. 일일이 반찬통 뚜껑을 열어 내용물을 확인하지 않아도 된다. 좋아하는 반찬 한 가지만 먹을 수도 있다. 또 식사 시간

너는 왜 그렇게 생겨 먹었니

이 짧아진다. 간편하게 한 끼를 준비해 더 간편하게 먹어치운다. 식사는 식사. 허기를 달래려고, 헛헛함을 누르려고 밥을 먹는 일에 익숙해진다. 간소한 식사는 장소를 가리지 않는다. 소파, 침대, 무릎.

어째 점점 움츠러든다.

옛집에서 식사할 때는 무슨 말을 주고받았는지 기억이 나지 않는다. 지금은 어쩌다 함께 식사를 해도 서로 휴대전화를 보거나, 빨리 '먹어치우고' 자리에서 일어난다. 이 집은 회전율이 빠르다. 한 살, 두 살 나이를 먹으면서 많은 게 익숙해진다. 거짓말을 하는 것, 거짓말인 걸 알아채도 덤덤하게 받아들이는 것, 업무에 익숙해지는 것, 다른 데로 도망가고 싶은 생각이 드는 것, 사람과 사귀고 헤어지는 것. 익숙해진다는 이유로 군이 화제를 꺼내지 않는다. 익숙하다는 이유로 내게 일어난 크고 작은 일을 '먹어치운다'. 가끔 음미하고 싶을 때가 있지만, 잘 잊어버린다. 밀린 텔레비전 프로그램을 봐야 하고, 잠을 자야 한다. 빨리 먹어치우고 다른 일을 해야 한다. 많은 식사로 입안이 가득 찬다.

"…"

할머니의
그릇

○ 스카치 캔디

사탕 껍질을 벗기면 달콤한 냄새가 난다.

각각 파란색과 빨간색, 금색 껍질을 벗기면 은색 껍질이 드러난다. 나는 한 겹 한 겹 껍질을 벗기면서 어떤 맛 사탕이 들어있을지 기대한다. 육각형 사탕은 커피 맛이 난다. 입안에서 굴리면 도륵도륵 하는 소리가 난다. 사탕이 둥글게 녹아내리는 동안 입 안 가득 달달하고 씁쓸한 향이 맴돈다. 어릴 적에는 자주 스카치 캔디를 먹었다. 할머니의 그릇에는 늘 스카치 캔디가 담겨 있었다.

어릴 적 대부분의 시간을 할머니와 보냈다. 부모님은 맞벌이였고 언니들은 학교 수업이 끝나면 친구들과 어울렸다. 할머니는 당시 나의 친구였다. 학교에서 돌아와 할머니와 받아쓰기를 하고, 토끼

너는 왜 그렇게 생겨 먹었니

와 거북이 이야기를 했다. 딱히 어떤 일을 하지 않을 때도 많았다. 할머니 방에 가만히 누워 있으면, 할머니는 내 배를 쓸어 만져줬다. 그러고는 "배고프지!" 하며 주방으로 향했다.

할머니는 유독 내 끼니를 걱정했다. 오후 두세 시가 되면 라면에 계란을 풀어 끓여줬고, 밥을 고봉으로 두 그릇씩이나 퍼줬으며, 물 대신 요구르트를 주기도 했다. 참외도 자주 먹었다. 할머니는 참외를 참 신기하게 깎았는데, 밑동에 홈을 내서 손잡이처럼 잡을 수 있었다. 나는 많이 먹는 만큼 유독 덩치가 컸다. 궁금했다. 친구들은 내가 뚱뚱하다고 놀리는데, 왜 할머니는 내가 말랐다고 하는지. 왜 내가 가엾다고 혼잣말을 하는지.

나는 할머니의 그릇을 제일 좋아했다. 할머니는 어른이어서 내가 쉽게 갖지 못하는 것을 한아름 갖고 있었다. 할머니가 장롱을 열어 이불 틈새에 손을 밀어 넣으면 손바닥만 한 그릇이 나타났다. 그릇에는 늘 스카치 캔디가 담겨 있었다. 사탕은 녹진하게 녹아 있었는데, 나는 사탕 껍질에 묻은 설탕까지 핥아 먹었다. 그중에서도 커피 맛 사탕을 좋아했다. 껍질 색깔만 봐서는 어떤 맛인지 몰랐다. 막상 버터나 바닐라 맛 사탕이 들어 있어서 실망한 적도 있다. 한편으로는 이번에는 어떤 맛이 들어 있을지 기대하게 됐다.

학년이 올라가면서 나에게는 다른 친구가 생겼다. 할머니에게 새로 사귄 친구 이야기를 했을 때, 할머니는 그릇에서 오천 원을 꺼내 손에 쥐어줬다. 나는 친구들과 간식을 사먹었다. 집을 나설 때마다 '누구네 다녀올게요!' 하며 친구의 이름과 귀가 시간을 꼭 이야기했다. 집에 혼자 있을 할머니가 심심해할 것 같았기 때문이다. 그러나 오래 가지 못했다.

할머니가 기억하지 못할 만큼 많은 친구들이 생겼고, 나는 할머니와 약속한 시간보다 늦게 돌아왔다.

스카치 캔디를 주머니에 넣어뒀다가 깜빡 잊어버리는 일이 많았다. 스카치 캔디보다 용돈을 더 받고 싶었다. 용돈으로 사먹는 간식에 비하면 스카치 캔디는 꼬릿꼬릿한 설탕 덩어리처럼 느껴졌다. 하루는 할머니가 "미안하다"며 내게 그릇에 남은 스카치 캔디를 모두 쥐어줬다. 나는 괜히 심술이 나 인사도 하지 않고 집을 나섰다.

할머니의 그릇은 좀처럼 가득 차지 않았다. 내가 할머니 방에 머무는 시간도 줄어들었다. 뒤돌아보면 할머니는 줄곧 나를 보고 있었다. 오랜 시간이 지난 지금도 나는 할머니가 왜 미안하다는 말을 건넸는지 이해하기 어렵다.

너는 왜 그렇게 생겨 먹었니

알 수 있는 건 할머니가 건네준 스카치 캔디의 맛이다. 눅진하고 달달한 그 맛이 기억에 남아 누군가 내게 스카치 캔디를 쥐여주면 반가운 마음이 앞선다. 하루에 열 번은 넘게 하는 말인데도, 꼭 답해주고 싶은 말이 생긴다.

"고맙습니다."

여느
집의
사정

ㅇ 빚

"피아노 학원 재밌니?"

엄마는 말없이 걷다가 갑자기 이렇게 물었다. 유치원 때였는데도 나는 엄마가 단순히 재미있는지를 묻는 게 아니라고 생각했다. 당시 텔레비전에서는 IMF 극복을 위한 대대적인 금 모으기 운동이 방송됐고, 우리 집에서도 돌반지를 내놨다. 나는 엄마의 이 질문이 '꼭 다녀야겠니'라는 말로 들렸다. 반가운 마음도 들었다. 피아노 수업이 특별히 재미있지도, 그렇다고 피아노에 재능 있다는 소리를 듣지도 못했으니까. 나는 엄마에게 피아노 학원은 안 다녀도 된다고 말했다. 엄마는 말끝을 흐리더니 곧 웃으며 알았다고 답했다.

너는 왜 그렇게 생겨 먹었니

사실 IMF에도 우리 집 사정이 어렵다는 걸 느껴본 적은 없다. 학원을 여러 군데 다니거나 놀이공원에 가보지 못했을 뿐 더 작은 집으로 이사를 가지는 않았다. 연일 방송되는 IMF 뉴스를 보면 꼭 공원을 배회하는 아저씨들이 나왔다. 아빠는 꾸준히 임금지급봉투를 가져왔고, 나는 다른 뉴스거리에 관심을 돌렸다.

내 관심을 끈 뉴스거리는 반 친구가 새로 산 물건들이었다. 어제까지 캐릭터 운동화를 신던 친구가 오늘은 브랜드 운동화를 신고 왔다든지, 브랜드 로고가 크게 새겨진 옷을 입는 애들이 많아졌다든지 하는 이야기들에 귀를 기울였다. 나는 부러 신발을 바닥에 질질 끌고 다녔다.

IMF가 한참 지난 뒤, 우리 집에도 빚이 있다는 사실을 알게 됐다. 빚이 있다는 사실보다 엄마, 아빠 목소리가 낯설었다. 방에 누워 이불을 머리끝까지 덮었는데도 바로 옆에서 듣는 것 같았다. 서로 소리를 지르고 있는데 오히려 삼키는 것처럼 느껴졌다. 나는 우리 집이 당장 판잣집으로 이사하거나 길거리에 나앉을 수도 있다고 생각했다. 텔레비전에서 접하던 빚은 파산이나 압류를 의미했다. 드라마 주인공들처럼 신문 배달을 하거나, 부잣집에 얹혀사는 상상도 했다. 벌써부터 가련한 여주인공이 된 것만 같았다. 하지만 기대와 달리 나는 다음날에도 우리 집에서 아침 식사를 했고, 새 신발을 신고 등교했으며, 밤에는 이불을 머리끝까지 뒤집어 썼다.

달라진 건 엄마의 행동이었다.

엄마는 용돈을 주기 전에 지폐를 만지작거렸다. 벌써 다 썼는지, 꼭 필요한지를 묻다가 몇 천 원을 쥐여주었다. 하지만 추궁하지는 않았다. 내가 엄마 지갑에서 만 원을 훔쳤을 때도 엄마는 "네가 가져갔니?"라고 묻고는 더 이상 질문하거나 나를 탓하지 않았다.

그 무렵 엄마는 종종 어두운 방에서 전화 통화를 했다. 전화 벨소리가 울리면 방으로 들어가서 문을 닫았다. 엄마가 왜 불도 켜지 않은 채 전화를 하는지, 그리고 왜 나 몰래 이야기하는지를 생각하다가 어쩌면 낯선 아저씨랑 통화하는 것일 수도 있겠다고 생각했다. 그 방에 다가갔을 때 나는 '언니'라는 단어를 먼저 들었다. 그리고 '한 번만'이라는 단어도 들었다.

문틈으로 본 엄마는 두 손으로 전화기를 잡고, 허리를 약간 굽히고 있는 모습이었다. 엄마는 이모에게 다시 한 번 돈을 융통해달라고 말하고 있었다. 엄마는 이야기하는 내내 좁은 방을 이리저리 걸어 다녔다. 엄마가 문틈으로 사라졌다가 나타났다. 작은 방에 들어

너는 왜 그렇게 생겨 먹었니

간다고, 보이지 않는 사람에게 허리를 굽힌다고 해서 상황이 바뀌는 것도 아닌데 엄마는 왜 지금처럼 안절부절해야 하는 걸까. 불이라도 켰으면 싶었다.

나는 엄마가 나오기 전에 먼저 방으로 들어갔다. 한동안 천장을 보고 누워 있다가 저녁을 먹고 다시 잠을 잤다.

그날 일이 내게 특별한 깨달음이나 전혀 새로운 마음가짐을 안겨준 것은 아니다. 단지 집에 빚이 있다고 해서 내가 꼭 그 빚을 떠안는 건 아니라는 걸 알았다. 드라마의 한 장면처럼 내가 가장이 되는 것도, 전혀 새로운 상황에 놓여 그것을 헤쳐나가는 것은 더더욱 아니었다. 나는 똑같이 밥을 먹고, 새 신발을 사고, 수학여행을 가며 일상을 이어갔다.

변하고 있는 건 어두운 방 안에서의 일들일 것이다.

너는 왜 그렇게 생겨 먹었니

방이
필요해

○ 카페 쿠폰

카페 쿠폰은 시도 때도 없이 나타난다.

책을 펼치면 책갈피처럼, 긴 자로 서랍 바닥을 긁으면 나오는 십원짜리 동전처럼. 나는 시도 때도 없이 카페에 간다. 카페에서 드라마 역주행을 하고, 계획을 세우고, 책을 읽고, 일을 하고, 가끔 울고, 대체로 멍하니 앉아 있다. 요즘 대세가 홈카페족이라지만, 나는 오늘도 카페로 간다.

서른 살이 되도록 온전히 내 공간을 가져본 적이 없다.

언니들과 한데 누워 잠을 잤다. 새벽 일찍 일어나야 할 때는 언니가 내 알람을 끄지 않을까 전전긍긍했다. 서로의 편의에 따라 물건의 위치도 자주 바뀌었다. 무엇보다 내가 전화를 하고 나면 언니들은 "그래서 어떻게 됐어?" 하고 물었다. 도통 누구랑 대화하는지 알 수가 없다. 덕분에 언니들이 언제 남자친구와 싸웠고 또 무엇 때문에 싸웠는지, 누가 먼저 사과를 했는지도 알 수 있었다. 사춘기가 온 이후부터는 전화를 하기 위해 동네를 두 바퀴씩 돌았다.

그래도 몇 번은 '내 방'이라고 부를 만한 장소가 있었다.

한 번은 창고로 쓰던 옥상 단칸방에 이불을 폈다. 한켠에 상자를 몰아넣고 책상을 들였다. 거기에 언니가 미술 시간에 만든 액자를 걸어놓고 뿌듯했던 기억이 난다. 하지만 오래 가지 않았다. 잠자리에 누웠는데 방문 밖에서 '찍' 하는 소리가 들렸다. 기어이 방안에서까지 소리가 들려왔을 때, 나는 1층으로 내달렸다. 몇 주 만에 찾은 단칸방에는 액자가 널브러져 있었다. 다른 한 번은 돌아가신 할머니 방이었다. 반투명 미닫이문이 달려 있었고, 문을 닫아도 문밖에서 누가 기웃거리는 게 훤히 보였다. 그마저도 잘 닫히지 않아 내내 열어두고 지냈다. 그 방으로 엄마가 오고, 조카가 오고, 형부가 오고, 가끔 이름 모를 손님도 기웃거렸다. 기타를 산 지 두 달 만에 넥이 부러졌지만 아직도 누가 부러트렸는지 모른다.

열린 문으로 늘 누군가가 들어왔다.

닫힌 문. 그 안에 대한 동경이 있다. 포스터를 붙이고, 일기장을

너는 왜 그렇게 생겨 먹었니

펼친 그대로 두고, 영화 한 편을 끝까지 보고 싶다. 오늘 벗어둔 외투를 내일 그대로 입고 싶다. 공간의 크기보다 중요한 건 닫힌 문안의 공간, 그러니까 자기만의 공간이 있다는 사실이다. 물건을 옮겨버린 것도 나고 그걸 깨버린 것도 내 자신인. 머릿속으로 나만의 공간을 그리다 얼마 못가 지운다. 포스터와 일기장과 노트북은 그려지지만, 그것들을 몰아넣을 벽이 그려지지 않는다. 어쩌면 자신만의 공간이라는 것은 경험에 더 가까운 것인지도 모른다.

나는 '문안'의 공간을 찾아다닌다.

머릿속으로 벽을 떠올린다. 널따랗게 펼쳐진 벽에는 문 하나가 있다. 나는 문을 열어 침대와 책상과 옷장을 본다. 다시 문을 닫는다. 한 사람을 더 그려 넣는다. 그 사람은 침대에 앉아 있다가 문을 열어젖힌 나를 본다. 문이 닫히고 나는 그 사람의 시야에서 사라진다. 나는 문밖에 있는 사람일까, 문안에 있는 사람일까? 적어도 밀려난 사람이고 싶지는 않다.

나는 한 걸음 한 걸음 문안이라는 믿음으로 내딛는다. 나는 매일 문을 열고 문안의 긴긴 공간을 배회하는 중이다. 그러는 동안 카페의 이름이 바뀌고, 1인용에서 4인용까지 테이블의 크기가 바뀌고, 다시 문밖으로 귀가한다.

집을 나오는 것에 '쉰다'라는 표현을 쓰기 시작했다. "취미가 뭐예요?"라는 질문에 나는 이렇게 답한다.

"집에서 나가는 거요."

너는 왜 그렇게 생겨 먹었니

보이는
그대로
말하는

o 조카

"이모, 돼지."

나는 예고 없이 인신공격을 당한다. 첫째 조카는 내게 살이 쪘다거나 못생겼다는 말을 내뱉고 휙 도망가 버린다. 처음에는 웃어넘겼는데, 같은 말이 반복되다 보니 이제는 거울 앞에 설 때마다 배에 힘을 준다. 누군가 이렇게 말했지, 아이의 눈은 거짓이 없다고.

첫째 지민이는 막 초등학교에 입학했다. 유튜브로 한스밴드의 〈오락실〉을 찾아 듣는다. '무거운 아빠의 얼굴'이라는 노랫말을 곧잘 따라 부른다. 의미심장하다는 생각이 들다가도, 어떤 말보다 '방구'라는 말에 크게 웃는 걸 보면 영락없는 초딩이다. 종잡을 수 없지만, 조카들 중에서는 말이 통하는 편이다. 아이들과 말이 통한다는 건 어느 정도 '논리'가 통한다는 건데, 인터넷으로 장난감을 주문할 테니 일단 집으로 가자는 말을 받아들인다. 반대로 내가 조카의 말을 허투루 듣지 못하는 것도 조카가 나름의 논리를 갖고 있기 때문이다.

하루는 지민이가 내게 귓속말을 했다. "이모, 할아버지랑 할머니 사이가 안 좋아." 나는 여덟 살짜리가 이런 문장을 구사할 수 있다는 데 먼저 놀랐다. "할아버지가 노래 들으면 할머니가 끄라고 해." 지민이 말마따나 며칠 동안 아빠와 엄마 사이가 좋지는 않았다. 그렇다고 아빠, 엄마가 손주 앞에서 언성을 높이지는 않았다. 자기 엄마와 아빠가 장난으로 싸우는 것은 쉽게 넘기면서, 할머니와 할아버지의 일상적인 대화에서는 미묘한 거리를 짚어낸다.

아이들은 귀가 크다. 평소와 같은 말에도 억양이 다르면 슬금슬금 눈치를 살핀다. 부러 목소리를 낮춰 주의를 주면 울음을 멈추고 표정을 살핀다. 반대로 눈을 마주하고 웃으면 아이들도 방긋 웃는다. 눈치는 습득하는 거라고 여겼다. 하지만 막 돌 지난 아이에게도 이런 행동이 통하는 걸 보면, 아이들은 상대방의 감정을 읽어내는 예민한 촉을 가지고 있는지 모르겠다.

그래서 아이들의 논리는 감정을 향하나 보다. 갖고 싶은 것을 갖

너는 왜 그렇게 생겨 먹었니

게 될 때까지 마트 바닥을 뒹굴고, 지금 놀아달라며 옷자락을 잡고
늘어진다. 이유는 분명하다. "갖고 싶어." 그리고 "하고 싶어." 화가
나면 분에 못 이겨 울고, 울다가도 갖고 싶은 걸 갖게 되면 웃는다.

지민이는 보고 느끼는 것을 그대로 이야기한다. 때로는 가감 없
는 그 말이 나를 당황하게 만든다. 가볍게 던지는 말에 가볍지 않게
반응하게 된 건 언제부터였을까. 다른 사람들에게 들키고 싶지 않
은 일들이 생겼고, 아무렇지 않은 얼굴로 감정을 삭이는 일이 많아
졌다. 억지로 잡은 약속에 나갈 채비를 하거나 주말에 일을 하려고
부득부득 가방을 챙길 때 지민이는 "하기 싫으면 하지 마"라고 말한
다. 지민이 눈에 나는 분에 못 이겨 웃는 것처럼 보였을까. 일그러
져 보였을까.

지민이는 아직도 한스밴드의 〈오락실〉을 즐겨 부른다. 그렇다고
노랫말처럼 '이 시대 아버지의 무거운 얼굴'을 이해하는 건 아니다.
발랄한 멜로디에 고개를 까딱까딱 하며 웃는다. 한 번 웃고 나면 다
른 놀거리를 찾아 집 안을 한 바퀴 돈다. 그러고는 누워 있는 내 손
을 잡아끈다.

"자꾸 이러면 이모랑 안 놀아준다?"

너는 왜 그렇게 생겨 먹었니

사이즈가
어떻게
되세요?

◦ 속옷

주머니에 속옷을 숨겨둔 적이 있다.

건조대에 널린 속옷 중에서 깨끗한 걸 가져다가 몰래 내 외투 주머니에 숨겼다. 중학교 수학여행 전날이었다.

우리는 같은 속옷을 입었다.

언니들과 공유해서 좋은 것도 있지만, 공유하고 싶지 않은 것도 있기 마련이다. 그중 하나가 속옷이다. 한집에 살 때만 하더라도, 우리는 같은 속옷을 입었다. 우리는 생리주기와 사이즈가 다 다르다. 또 한 사람당 일주일에 한두 번씩만 입어도, 속옷은 일주일 내내 세탁기에 처박힌다. 나는 조금이라도 깨끗해 보이는 속옷을 보면 서랍 깊숙이 숨겨두었다. 다음날이면 감쪽같이 사라졌지만. 반대로 누군가 숨겨놓은 속옷을 내가 찾은 적도 많다.

속옷이 조이는 게 '속옷의 문제'가 아닌 '내 몸의 문제'라고 생각했다. 살이 쪄서 그런 것인 줄로만 알았다. 그런데 며칠을 굶어도 똑같았다. '왜 나는 덩치가 클까' 하고 생각했다. 원망했던 것 같다. 다른 애들처럼 스포츠 브라를 입겠다고 욕심 부린 것도 아닌데. 우리 집의 문제, 아니 우리 집에 사는 '나의 문제'라고 생각했다. 레이스가 과하게 달렸거나 튀는 색깔의 속옷을 입을 때도 있었다. 한 번은 같은 반 남자애가 내 티셔츠를 빤히 처다봤다. 창피해서 그만 울었다. 그 뒤로 브래지어가 비칠까 봐 구부정하게 다녔다. 목욕탕에 가면 바지와 팬티를 동시에 내렸다.

그렇게 내 것도, 네 것도 아닌 속옷을 입고 사춘기를 났다.

'내 것'이라고 부를 수 있는 것들은 얼마나 될까.
삼십 대에 접어든다. 그만큼 내 것이 아닌 속옷을 함부로 입는 데에도 면역이 생겼다. 언니들 중 몇은 결혼해서 집을 나갔고, 돈을 벌면서부터 속옷 몇 벌쯤은 살 수 있었다. 언제든지 변화를 줄 수 있는 상황이 주어졌지만 선뜻 내 것을 갖지 못한다.

너는 왜 그렇게 생겨 먹었니

한 번은 속옷 가게에 들어갔다가 "속옷 사이즈가 어떻게 되세요?" 하는 질문에 다시 나왔다. 당연히 알아야 할 것을 혼자 모르고 있는 것 같았다. "잘 모른다"고 말하는 게, 마치 스스로에게 무심한 사람으로 비칠까 봐 대답하지 못했다. 돌아가는 길에 '굳이 변화를 줄 필요가 있을까' 하며 위안을 했던 것 같다. 옷에 내 몸을 맞추는 일, 옷보다 나 자신에게 문제점이 있다고 말하는 일에 익숙해지고 만다.

어쩐지 작더라.

나는 '한 번 입어본 것들' 그러니까 '굳이 물어보고 입어보지 않아도 좋은' 것들을 산다. 그래서 미련해지나 보다. 입고 나면 꼭 종아리에 자국이 남는 바지를 지금도 입고 있다든지, 조금만 걸어도 물집이 생기는 신발을 내일 또 신을 계획이라든지 하는.

거의 매일 함께하지만, 거의 매일을 불편하게 만드는 것들을 서랍에 넣는다. 누군가 "사이즈가 어떻게 되세요?" 하고 물어보면 나는 서랍 속 옷들을 죄다 끄집어내야 한다. 그리고 사이즈를 하나하나 살피다가 이내 입을 다물어버릴지 모른다. 차라리 이렇게 질문해주는 편이 나을지 모르겠다.

"가장 깊숙이 숨겨놓는 옷은 뭐예요?"

너는 왜 그렇게 생겨 먹었니

엄마가
아기가
되더라도

○ **동영상**

엄마는 종종 동영상을 보낸다.

뜬금없이 채팅방에 링크를 올리고서는 말 한마디 없다. 동영상의 출처는 다 다르지만 감성을 보면 꼭 같은 사람이 만든 것 같다. 봄에는 꽃보다 아름다운 인생, 여름에는 한철 매미가 우는 이유, 가을에는 추수의 기쁨, 겨울에는 눈발을 헤쳐나가야 한다는 이야기가 담긴다. 어디서 들어봄직한 교훈은 나를 불편하게 만든다.

어느 아침, 엄마가 또 동영상을 보냈다. 노을 지는 바다 위로 초록색 글귀가 나타났다. '네가 아주 작은 아기였을 시절'이라는 문장이 눈에 들어왔다. 잠이 덜 깨서였을까. 평소 같았으면 바로 닫아버렸을 텐데, 가만히 다음 문장을 기다렸다.

내가 아기였을 때 당신은 나의 옹알이를 끈질기게 들어주고, 배를 불리고, 밤새 곁을 지켰다. 당신이 아기가 되었을 때 내가 그 일들을 조금이라도 떠올려주기 바란다는 내용이었다. 동영상이 끝난 뒤에도 뒤로 가기 버튼을 누르지 못했다. 첫 번째 이유는 아침부터 이런 이야기를 듣는 게 전혀 상쾌하지 않았다. 두 번째는 엄마가 무심코 던졌던 질문이 생각났기 때문이다.

"너 내가 치매 걸리면 버릴 거야?"

엄마와 나란히 앉아 텔레비전을 보고 있었다. 텔레비전에는 소일거리를 하는 노인들이 나왔다. 엄마는 노인들이 굽은 허리로 나물 캐는 모습을 보며 자신의 엄마, 그러니까 나의 외할머니를 떠올렸던 것 같다. 외할머니는 늘 분주했다. 가끔 시골집에 놀러 가도 집에 잘 안 계셨다. 뒷산에 나가 나물을 캐거나 마을회관으로 가 마늘 껍질을 까는 등 소일거리를 했다. '좀이 쑤셔서' 앉아 있지 못한다던 외할머니를 마지막으로 본 곳은 요양병원이다.

그날 엄마는 내게 외할머니를 만나러 병원에 가자고 했다. 우리 집에는 자동차가 없어서 이모네 차를 함께 탔는데, 드물게 차를 탄 날이라 마음이 설렜다. 일산이나 강남처럼 주변에 높은 빌딩이 있을 거라고 생각했다. 고즈넉한 산이나 계곡이라도 좋았다. 내가 바깥 풍경을 놓칠세라 내내 창문을 보는 동안 엄마와 이모는 말이 없었다.

　한참을 달리다 도착한 곳은 아스팔트 부지였다. 나무 몇 그루와 병동이 있었다. 이상하리만치 주변에 아무것도 없었다. 외할머니가 왜 집을 두고 이런 곳에서 지내는지 이해할 수 없었다. 엄마에게 물어보고 싶었다. 우물쭈물하는 사이 엄마가 건물에 들어섰고, 나는 겨우 걸음을 뗐다.

　외할머니는 침대에 누워 있었다. "엄마, 우리 왔어." 외할머니는 대답이 없었다. 이모는 외할머니에게 얼굴을 가까이 댔고, 엄마는 외할머니의 어깨를 쓸어 만졌다. 간호사는 외할머니가 간밤에 발작을 일으켰으며 이번 달을 넘기기 어려울 수도 있다고 했다. "엄마 딸 왔다니까." 간호사가 이야기하는 동안에도 엄마와 이모는 계속해서 외할머니에게 말을 걸었다. 외할머니는 꼭 모르는 사람을 마주한 것처럼 우리를 빤히 쳐다봤다.

　외할머니가 돌아가신 후에도 엄마의 일상은 달라지지 않았다. 새벽에 출근하고 퇴근 후에는 집안일을 했다. 단지 건망증이 생겼다. 며칠 전에 한 이야기도 잘 기억하지 못했고, 가스레인지 불을 켜둔 채 출근한 적도 있다. 엄마는 스스로에게 관대하지 못했다. 자신이 어떤 실수를 했는지는 까먹지 않았다. 단순 해프닝으로 넘길 법한 일이라 생각했는데, 엄마는 내 앞에서 '치매'라는 단어를 꺼냈다.

"너 내가 치매 걸리면 버릴 거야?"

나는 엄마를 쳐다봤다. 엄마는 여전히 텔레비전을 보고 있었다. 엄마는 자신도 치매에 걸릴 수 있다는 생각을 하고 있었다. 그리고 자신이 치매에 걸렸을 때, 딸들이 자신을 어떻게 대할지를 걱정했다. 나는 엄마가 그런 걱정을 한다는 것보다 '버린다'는 표현을 했다는 데 놀랐다. 엄마는 외할머니를 요양병원에 모셨다는 걸 스스로 '버렸다'고 생각하는 걸까. 내내 그런 마음을 안고 살았던 걸까.

자신의 엄마를 떠올리면서 버렸다는 생각을 갖는다는 건 어떤 마음일는지. 눈앞의 생활을 견디면서 나중에는 자신도 엄마와 같은 표정을 지을 거라고 느낄 때, 엄마는 불안했을까. 엄마가 느꼈을지 모를 불안함이 나에게는 안타까움으로 다가왔다.

엄마는 '곁에 있어줘'라고 직접적으로 말하지 않았다. 불안했을지 모른다. 적어도 내 얼굴을 보고 질문할 수 있을 정도라면 좋았을 텐데.

너는 왜 그렇게 생겨 먹었니

엄마의 질문을 떠올리다가 동영상 링크를 저장했다. 그리고 엄마에게 답장을 보냈다.

'우리 알콩달콩 살자.'

아빠의
자존심

ㅇ 버스

아빠는 목소리가 크다.

한밤중에 전화가 와도 건넛방에 들릴 정도로 크게 전화를 받는다.
아빠의 휴대전화 연락처 목록에는 많은 사장님이 있다. 청과물 가
게 사장님, 산악회 회장 겸 사장님, 그냥 나이 많은 사장님. 휴대전
화 너머의 사람들이 아빠를 뭐라고 부르는지는 모른다.

아빠는 시골에서 나무를 베고, 동네 어른들의 심부름을 하며 자랐
다고 했다.

겨울에도 긴 아침을 보냈다. 그건 아빠의 아빠가 없어서이기도,
아빠가 동네 딸부잣집에 양자로 들어가 지내서이기도 할 것이다.
성인이 되자 자전거를 끌며 일을 다녔다. 서울 공장까지 어떤 날은

너는 왜 그렇게 생겨 먹었니

두 시간, 또 어떤 날은 몇 시간이 더 걸렸다. 요령이 있었다면 양자로 들어선 집에 눌러앉았을 수도 있을 테지만, 아빠의 요령이란 그곳에서 먹은 몇 끼 식사 정도였다.

자전거 페달을 밟듯 집과 직장을 오가는 일. 아빠는 가장 단순한 방법으로 미래를 그려나갔다. 특출난 장기가 있거나 큰돈을 벌어들인 것은 아니지만, 고향 사람들 사이에서는 성실하다는 이야기를 들었다고 했다. 남들 보기에 부끄러운 일을 하지도 않았다. 그건 아빠가 그려나가는 미래의 한 장면이었고, 아빠가 자신의 삶을 받아들이게 만드는 원동력이었을 것이다.

아빠는 결혼 후 상경했다. 당시 상경하는 사람들에게는 '자수성가'라는 수식어가 붙었다. 아빠도 서울에 방을 마련하고, 일곱 식구의 가장으로 살면서 자수성가한 사람 중 한 사람이 됐다. 새로운 일을 하겠다며 지게차 운전면허도 취득했다. 하지만 지게차를 살 수 없었고, 다니던 직장이 문을 닫았으며, 남의 꾀에 넘어가 빚을 지기도 했다. 그럼에도 아빠는 매일같이 집을 나섰다. 달라진 건 주변 상황이었다.

성묘를 하기 위해 아빠 고향에 간 적이 있다.

너는 왜 그렇게 생겨 먹었니

버스를 타고 가는데, 아빠는 마을 입구에 내리지 않고 한참 떨어진 곳에서 내리자고 했다. 그 길로 가면 산길을 에둘러 가야 했다. 나는 아빠의 행동을 이해할 수 없었다. 왜 그래야 하냐는 내 말에, 아빠는 말없이 산길을 앞서나갔다. 사람들이 잘 다니지 않아 나무가 무성했고, 중간 중간 나뭇가지를 베면서 길을 만들어나갔다.

20분이면 될 거리를 한 시간 넘게 걸었다. 산소에 도착해서 아빠는 풀을 베고, 가져온 과일을 꺼냈다. 성묘 후 나란히 앉아 마을을 내려다봤다. 시골 깡촌이라던 아빠의 이야기와 달리 펜션처럼 꾸민 집들이 꽤 보였다. 뙤약볕 아래서 땀이 났다. 아빠에게 왜 이렇게 힘들게 와야 하는 거냐고 재차 물었다. 아빠는 그제서야 자가용 없이 뚜벅이로 오는 게 자랑이냐면서, 다 아는 사람들인데 저 한가운데를 어떻게 걸어오냐고 답했다.

몇 해 후, 아빠는 일터 노동조합에서 직함을 달았다. 아빠는 제일 먼저 명패와 명함을 제작했다. 일이 끝나고 돌아오면 "사람들이 내가 지나갈 때마다 조합장님, 조합장님 하면서 잘 보이려고 애를 쓴다"고 말했다. 같은 말이 반복돼 더 이상 아빠의 말에 귀 기울이지 않았다. 오래 못 가 아빠는 다른 사람에게 그 자리를 내줬다. 사람들이 다시 아빠를 어떤 이름으로 부르는지 알 수 없다.

아빠는 지금도 대중교통을 이용한다.

자가용으로 40분이면 될 거리를 한 시간 반 동안 에둘러 간다. 친목회 모임이 있으면 부러 두 시간 일찍 나서서 자리를 잡아놓고, 모임이 파할 때까지 자리를 지키다가 돌아온다. 큼큼한 술 냄새를 풍기며 버스에 몸을 싣는다. 아빠가 지켜온 성실함은 지금의 아빠를 어떤 사람으로 만들었을까. 스스로에게 어떤 이름을 붙였을까.

버스 창가에 앉아 있을 아빠를 그린다. 창밖 도로에는 자가용이 줄지어 신호를 기다린다. 자가용이 없어서 자신의 삶도 잘 굴러가지 않는 거라고 여길 수 있다. '피곤하게 뭐하러 차를 몰고 나와'라고 코웃음을 치면 좋겠다. 어디에 몸을 싣고 있든 집으로 향하는 길이라는 데 안도하면서. 아빠는 한동안 창밖을 보다가 집 앞 정류장까지 몇십 분이 더 남은 걸 확인할 테지.

아빠에게는 시간이 많으니 쉬어가라고 말해주고 싶다.
창문에 잠시 머리를 기대라고.

너는 왜 그렇게 생겨 먹었니

밤
산책

ㅇ 신발 한 짝

그날 밤에는 바람이 날카로웠다.

바람에 머리칼이 헝클어져 잠시 시야가 가려졌고, 머리카락 사이로 불 켜진 노래방 간판들이 보였다. 앵콜, 차차차, 까치. 간판 글귀가 하나같이 신나는 이름들뿐이라서 그런지 노래방에 들어서는 얼굴도 불콰하게 달아올라 있었다. 평소 같았으면 잠자리에 들 시간이었다. 방 안에서 보던 천장과 달리 거리는 반짝거렸고, 바닥의 유리 조각들도 야광별처럼 빛이 났다.

언니들은 이따금 밤 산책을 나섰다.

같은 이불을 덮고 누워 한 언니가 이불잇을 힘껏 잡아당기면 다른 언니가 소리를 빽 질렀다. 그러면 멀리서 아빠의 호통이 들려왔다.

언니들은 소리를 낮춘 채 말다툼을 했다. 얼마 못 가 발소리가 들리더니 방문이 열렸다. 나는 몸을 웅크리고 자는 척했다. 등 뒤에서 언니들의 울음소리와 아빠의 호통이 이어졌다. 언니들이 방 밖으로 내쫓기면 나는 혼자 방에 남았다. 처음에는 갑자기 한적해진 방이 낯설었는데, 오롯이 나 혼자 쓰는 것 같은 기분이 들어 웃음이 났다. 이불 한 채를 다 덮고 있다가 문득 문 밖에서 아무런 기척도 들리지 않는다는 걸 알았다. 언니들이 집 밖으로 나간 것이었다. 언니들이 다시는 돌아오지 못할 수도 있다는 생각에 눈물이 차올랐다. 하지만 소리가 새어 나갈까 이불을 덮어쓰고 울었다.

다음날 아침이면 언니들은 내 옆에 누워있었다. 아빠가 아무리 크게 호통을 쳐도 언니들을 다시 맞아준다는 사실을 깨달았다. 나는 반가운 마음에 언니들에게 내 이불을 덮어줬다. 그리고 궁금했다. 언니들은 간밤에 어디서 뭘 하다가 온 걸까. 문방구도, 슈퍼마켓도 문을 닫았을 시간에 할 수 있는 일들이 딱히 떠오르지 않았다. 더군다나 내복 바람으로는 더더욱. 몇 번인가 언니들이 밤 산책을 더 다녀오고 나서, 어쩌면 언니들보다 내가 더 힘들 수도 있겠다는 생각을 했다. 언니들이 나간 후에 혼자 무거운 정적을 버텨야 하는 것에 대해 불만을 가졌다. 차라리 언니들과 같이 나가는 편이 마음 편할 것 같았다.

　너는 왜 그렇게 생겨 먹었니

그리고 그날 밤, 나도 밤 산책에 나섰다.

잠자리에 누워 천장을 봤다. 내가 셋째 언니에게 천장에 야광별을 붙이고 싶다고 하자, 언니는 어림없다며 간지럼을 태웠다. 그만 크게 웃어버렸고, 아빠는 우리 방문을 열어젖혔다. 아빠 손에는 몽둥이처럼 돌돌 만 달력이 들려 있었다. 셋째 언니와 나는 몸을 일으켰다. 웃옷을 입을 새도 없이 호통에 내몰려 신발을 욱여 신었다. 대문을 열고 골목을 내달리는 동안 등 뒤에서 엄마와 할머니의 목소리가 들렸다. 하지만 뒤돌아보지는 못했다. 나는 골목을 빠져나오고 나서야 오른쪽 신발이 사라진 걸 알았다.

자정 가까운 시간에 나선 것에 나는 묘하게 들떠 있었다. 거리는 간판 불빛으로 반짝거렸고 사람들의 목소리도 고조되어 있었다. 설렘도 잠시, 맨발에 사금파리가 엉겨 붙었다. 내복 소매로 찬바람이 들어왔다. 왼쪽 발등에 오른쪽 맨발을 올려놓고 셋째 언니를 쳐다봤다. "기다려봐!" 하고 말하는 언니 입에서 김이 났다.

멀지 않은 곳에 엄마가 운영하는 분식집이 있었다. 셋째 언니는 셔터 문을 살짝 들어 올린 후 바닥을 더듬어 열쇠를 꺼냈다. 그동안 언니들이 전혀 새로운 공간에 숨어들었을 거라고 생각했는데, 생각보다 가까운 곳에 있었다. 우리는 셔터 문을 들어올렸다. 두 평 남짓한 분식집에는 냉기가 돌았다. 늘 엄마가 장사하는 시간에만 갔다가, 빈 가게에 발을 들인 것은 처음이었다. 뭘 기대했던 걸까. 그곳에 김이 피어오르는 순대도, 빨간 떡볶이도 없다는 걸 알고는 힘없이 의자에 앉았다. 등받이가 없어서 자꾸 몸이 기울었다.

셔터 문을 꼭 닫지 않아서 아래 틈으로 사람들이 오가는 게 보였다. 누군가 문 앞에서 잠시 멈춰 서면 의자에서 엉덩이를 떼고, 지나가면 다시 의자에 앉았다. 입김으로 언 손을 녹였다. 단지 장난을 쳤을 뿐인데 밖으로 내몰린 것이 서러웠고 무섭기도 했다. 아침이 되면 들통날 테니 그 전에 향할 곳도 정해야 했다. 유독 밤이 길었다. 이런저런 걱정을 하다가 잠이 들었다.

엄마는 셋째 언니와 나를 흔들어 깨웠다.

비몽사몽인 탓에 집에 돌아가는 게 꿈인지 현실인지도 모른 채, 조금 편하게 자겠구나 싶었다. 당장 아빠의 얼굴을 어떻게 봐야 할지 무서웠지만, 아빠는 안방에서 나오지 않았다. 구들장에는 잃어버린 줄 알았던 오른쪽 신발이 놓여 있었다.

첫 밤 산책은 생각만큼 반짝반짝했고 또 생각보다 새롭지는 않았다. 기대와 달리 쉽게 찾아갈 수 있는 공간이었다. 또 문을 꼭 닫지

너는 왜 그렇게 생겨 먹었니

도 못하고 엉거주춤했다. 한편으로는 언니들이 왜 분식집으로 향했
는지 조금은 알 것 같았다.

"집에 가자"고 말해주는 사람, 잃어버린 줄 알았던 신발을 제자리
에 놔주는 사람 때문일 것이다.

언제나
열 수 있는
문

○ **도어록**

우리 집에도 도어록이 생겼다.

처음 도어록 비밀번호를 누르던 날, 마지막에 # 버튼을 누르지 않았다. 비밀번호를 맞게 눌렀는데 왜 문이 안 열리는지 몰랐다. 얼마간 문밖에 서 있다가 집에 전화를 걸었다. 도어록에 익숙해진 뒤로는 전화를 걸지 않는다.

예전에 살던 집에는 도어록 대신 열쇠 구멍이 있었다.

알루미늄으로 만든 황색 대문인데, 위쪽에는 두꺼운 유리가 달렸고 아래쪽에는 얇은 알루미늄이 세로로 겹쳐져 있었다. 어렸을 때만 해도 우리 집 대문은 항상 열려 있었다. 늘 할머니가 계셨기 때문이다. 집에 다다르면 "나 왔어!" 하고 대문을 열어젖혔다. 내가 집에

너는 왜 그렇게 생겨 먹었니

올 때 즈음 할머니는 주방에서 나를 맞이했다. 몇 년이 지나자 방문 앞에 앉아 나를 맞았고, 나중에는 방에 누워 계셨다. 엄마는 나와 언니들에게 열쇠를 나눠줬다.

집에는 항상 가족이 있을 거라고 생각했는데, 그건 당연한 일이 아니었다.

할머니가 돌아가신 후로 나는 대문을 쉽게 열어젖히지 못했다. 열쇠도 없고, 집에 다른 가족도 없는 날이면 직접 문을 열었다. 대문 아래쪽의 알루미늄 한 겹을 누른 다음, 틈이 생기면 그 사이로 오른팔을 밀어 넣었다. 문 안쪽을 더듬으며 잠금쇠를 풀었다. 직접 문을 여는 횟수가 늘면서 알루미늄 틈이 벌어졌지만 매번 억세고 날카로웠다. 알루미늄에 긁힌 상처가 잘 아물지 않았다. 우리는 알루미늄 틈에 청테이프를 붙였다.

우리는 청테이프를 떼는 대신 서로를 궁금해했다.

잠긴 문 앞에 서서 전화를 걸었다. "나 열쇠 없는데 언제 들어와?" 그리고 나서 한두 시간을 걷다 돌아왔다. 다시 집 앞에 섰을 때 불 켜진 창문을 보면 반가웠다. 꼭 연락을 했던 것 같다. 열쇠가 없는 날에는 집에 있는지, 열쇠가 있는 날에는 언제 들어오는지를 물었다. 서로가 맞아주는 풍경에 익숙해져 있던 건지도 모른다.

너는 왜 그렇게 생겨 먹었니

몇 년이 더 지난 지금, 우리는 여덟 자리 비밀번호를 누른다.

한 번은 새벽에 깨 거실에 나왔다가 아빠의 방이 비어 있는 걸 봤다. 일찍 일하러 나갔으려니 생각했는데 며칠 뒤에야 그날 아빠가 들어오지 않았다는 걸 알았다. 어느 순간 우리는 가족이 열어주지 않아도 드나들 수 있는 문, 그러니까 서로를 궁금해하지 않는 생활에 또 익숙해져 가고 있다는 걸 느꼈다.

당시 우리의 생활은 불편했다. 가족 중 누군가 열쇠가 없는데 새벽까지 들어오지 않으면 잠을 설쳤고, 막 잠이 들었다가도 전화가 오면 대문을 열기 위해 무거운 몸을 일으켰다. 곧 들어온다는 말 한마디에 미리 현관 불을 켜두기도 했다. 그러면 우리 집 대문은 골목 초입에서도 보일 정도로 환해졌다. 우리는 서로에게 집으로 들어올 수 있는 열쇠였다.

환경이 변하면서 우리 집의 풍경도 조금씩 달라진다. 직접 문을 열고 어두운 거실을 마주한다. "언제 들어온대?"라고 물어오면 이렇게 답하고 만다.

"들어오겠지."

엄마에게도
비밀이
있을까

○ 반찬통

엄마와 마트에 다녀와서 꼬박 잤다.

진동이 울렸다. 뒤척이다 휴대전화를 봤는데 연락이 오지 않았다. 계속 진동이 울렸다. 외투 주머니를 뒤져보니 엄마 휴대전화가 들어 있었다. 엄마는 내게 휴대전화를 건네받고 그 너머로 익숙한 이름을 불렀다. "응, 장원 엄마." 친구 사이에는 서로 이름을 부를 법도 한데. 다시 누웠지만 잠이 오지 않았다.

엄마는 내 주머니에 휴대전화며 지갑을 잘 넣는다. 짐 될 거 뭐하러 따로 가방을 메냐면서 내 주머니를 부풀린다. 엄마가 외출할 때 필요로 하는 물건들은 양손에 잡힐 만큼 적다. 더 담는다면 휴지와 안경집 정도. 엄마도 립스틱을 가지고 다녔으면 하고 바랐다. 그건

너는 왜 그렇게 생겨 먹었니

엄마 입술이 창백하기 때문도 수수한 모습이 부끄러워서도 아니다. 그냥 한 번쯤 자기 가방에 취향대로 산 물건을 담아봤으면 싶어서다.

엄마의 가방에는 반찬통이 담겨 있다.

내가 중학교 때 멘 검은색 백팩인데 몸집이 커버린 뒤로는 메지 않았다. 이 가방은 어느샌가 엄마의 출퇴근길을 함께하고 있다. 엄마는 오히려 몸집이 작아지는지 가방이 작아 보이지 않는다. 아침에는 여기에 멸치와 꽈리고추를 담아 가고 오후에는 멸치 고추 조림을 담아 온다. 엄마가 일하는 곳에는 전기레인지가 있어서 점심에 밥을 지어 먹고 반찬도 만든다고 한다. 같이 일하는 아줌마들과 재료를 모아 찌개를 만들어오는 날도 있다. 반찬을 만들어오는 날이면 꼭 반찬통을 꺼내 보여준다. "너 좋아하는 거"라면서.

멸치 고추 조림, 육개장, 깐 밤. 차라리 엄마가 식탐 많은 사람이라면 어땠을까. 엄마는 가방을 채우면서 입맛을 다셨을까. 나는 조금 덜 미안했을까.

엄마는 반찬을 만들 때 자신의 입맛을 고려하지 않는다. 해산물과 육류는 냄새 맡는 것도 싫어하면서, 집 안의 온 창문을 열어둔 채 생선을 굽는다. 물건을 살 때도 아빠나 언니가 필요한 게 무엇인지 되짚어본다. 헌신적인, 전형적인, 우리 시대의…. 엄마를 떠올리면 이런 수식어가 먼저 떠오른다. 그런데 주변을 돌아보니 모든 엄마가 이런 수식어에 맞게 살지도, 맞춰 살려고도 하지 않았다.

나는 우리 엄마가 좋아하는 게 가족이라는 사실이 좋다. 든든하고 고맙다.
한편으로는 엄마가 좋아하는 게 우리 가족뿐이라는 사실이 싫다.

엄마는 백팩 지퍼를 연 채 식탁에 둔다. 자기 물건은 없다는 듯이.
학창 시절 내가 가방 깊숙이 라이터를 숨긴 것처럼 엄마도 가방 깊숙이 뭔가를 숨긴 적이 있을까. 들키고 싶지 않은 게 있을까. 엄마가 내 나이 때 찍은 사진을 본 적이 있다. 당시 평균 키보다 크고 날씬한 몸매에 머리카락은 굵게 파마를 했다. 엄마는 가죽치마에 롱부츠를 신고 있었다. 지금 입고 나가도 손색없어 보였다. 원래는 그 가죽치마마저 마음에 들지 않아, 자기 취향대로 리폼한 것이라고 했다. 지금도 우리 엄마는 옷을 고를 때 기준이 엄격하다. 티셔츠 한 벌을 사려고 해도 소재와 색상, 품, 길이가 모두 딱 맞아떨어져야 한다. 겨우 취향에 맞는 옷을 찾아 계산대 앞까지 갔다가 돌아선 적이 많다. 그 돈으로 장을 보고, 저렴한 옷 두 벌을 산다.

너는 왜 그렇게 생겨 먹었니

엄마가 포기하지 않는 게 있으면 좋겠다. 화분을 모아도 좋고, 주
말마다 찜질방 투어를 가도 좋다. 우리 몰래 황혼 이혼을 계획 중이
라도 좋겠다.

그런 물건 하나쯤, 아니 비밀스러운 이야기 하나쯤 가지고 있으면
좋겠다.

나의
몫

○ 다섯째

나에게는 이름 없는 형제가 있다.

30여 년 전, 엄마는 한 아이를 품었다. 당시 엄마는 초등학교에 간 두 아이를 비롯한 세 딸을 기르고 있었다. 아침이면 아이를 안고 미싱 공장으로 향했고, 오후에는 집으로 와 아이들의 밥을 차렸으며, 저녁에는 아이들을 재우고 아빠의 밥을 차렸다. 아침부터 저녁까지 일을 했다. 뱃속에 넷째 아이도 품었다.

임신 사실을 안 이후에도 엄마의 일상은 크게 달라지지 않았다. 일을 하고 가족을 보살폈다. 한편으로 넷째는 남자여야 한다는 말도 견뎠다. 당시 엄마가 어떤 생각으로 시간을 보냈는지 모르지만, 점점 무거웠을 것이다.

너는 왜 그렇게 생겨 먹었니

그해 여름, 엄마는 시장으로 향했다. 길 양옆으로 논밭이 펼쳐진 시골길이었다. 매일 오가는 익숙한 곳이었지만 그날은 달랐다. 큰 개 한 마리가 어느새 엄마 앞으로 달려 나와 크게 짖었다. 엄마는 놀란 나머지 털썩 주저앉았다. 배를 끌어안았다. 개는 곧 자리를 떠났지만, 엄마는 오래 그 자리에 앉아 있었다.

엄마는 넷째 아이를 놔줘야 했다. 떠돌이 개인지 인가에서 기르던 개인지도 모른 채 꼼짝없이 주저앉았다. 하루하루 짊어온 무게를 일순간 놓쳤다. 그 무게가 엄마에게 어떤 자리로 기억될지 가늠하기 어렵다.

"개를 조심해야 돼."

엄마는 옆집 개를 보다가 넷째 이야기를 꺼냈다. 이내 시끄럽다며 창문을 닫았다. 엄마와 유산은 어울리는 단어가 아니었다. 나에게 이름 모를 형제가 있었을 거라고도 생각하지 못했다. 언니는 우스갯소리로 "그때 그런 일이 없었으면, 다섯째까지 안 낳았을 수도 있어"라고 말한다. 다섯째라는 말이 생경하다.

문득 궁금하다. 엄마는 나를 처음 보고 무슨 생각을 했을까. 그때 잃었던 넷째를 다시 만난 거라고 생각했을까. 나의 이름과 내가 입었던 배냇저고리들은 처음부터 나의 것이었을까. 넷째가 보지 못한 풍경을 내가 두 눈에 담고 울면서, 엄마의 마음속에서 같이 늙어가고 있는 건 아닐까. 어쩌면 나는 두 사람의 몫을 살아가고 있을는지도.

봄에 흐드러지게 핀 벚꽃을 보면서 형제는 '아름답다'고 생각했을까, '지저분하다'고 생각했을까. 생각은 다를 수 있지만, 우리가 엄마를 마주하고 있을 순간에는 이렇게 행동할 것이다. 가만히 내려놓은 엄마의 손을 잡아줄 테지. 다르지 않은 사실이 있다.

엄마가 덮어놓은 빈자리를 채워줄 그녀의 아이라는 사실.

너는 왜 그렇게 생겨 먹었니

가족이라는
이름의
경험

○ 새 가족

8년 전 첫 조카를 만났다.

면회실 유리 너머로 아기들이 누워 있었는데, 하나같이 작고 붉었다. 형부는 상기된 얼굴로 한쪽을 가리켰다. 손짓을 따라가 봐도 낯선 이목구비의 아기들만 보였다. 나는 간호사가 한 아기를 안고 우리 앞에 선 후에야 조카를 알아볼 수 있었다. 신기한 건 누군가 '자, 이게 네 가족이야'라고 알려주자마자 그 아기만 보였다. 나에게 또 다른 가족이 생겼다.

그 뒤로 조카가 세 명이나 더 태어났다. 언니들은 일주일에 적게는 이틀, 어떤 날은 닷새 동안이나 우리 집에 머물렀다. 함께 지내는 시간이 많아지면서 나의 생활도 달라졌다. 그중 하나는 쉽게 잊

너는 왜 그렇게 생겨 먹었니

힐 일들에 기꺼이 돈을 쓴다. 조카들은 장난감이 들어 있는 초콜릿을 특히 좋아하는데, 장난감만 가져가고 초콜릿은 먹지 않는다. 인형 뽑기에 만 원씩 투자하기도 한다. 다른 하나는 집에 있는 시간이 늘었다. 주말이면 약속이 없어도 집을 나섰다. 그런데 지금은 내가 씻기 전 조카에게 밥을 먹이고, 머리카락이 마르는 동안 술래잡기를 하고, 옷을 입으면서 같이 텔레비전을 본다. 덕분에 내 계획이 어그러진다며 언니에게 볼멘소리를 하곤 한다.

달라진 건 나의 생활만이 아니었다. 조카가 머무는 동안에는 가족 모두 새벽까지 잠을 설치고, 두어 시간을 가만히 누워 있지 못한다. 말로는 그만 오라고 하면서도 하루라도 연락이 없으면 먼저 연락을 한다. 모든 첫인사는 조카가 뭘 하고 있냐는 것이다.

조카가 태어나면서 우리 집은 시끄러워졌다.

조카가 몸을 뒤집고, 옹알이를 하고, 유치원에 가고, 가요를 배우는 일들을 함께 지켜본다. 입을 모아 말할 수 있는 주제가 생겼다. 이전까지 우리는 다 같이 시간을 보낸 적이 없다. 내가 아기였을 때, 엄마는 뉴스에서 여름철 피서객에 대한 내용을 접했다고 한다. 아빠에게 우리도 계곡으로 떠나자고 했지만 되돌아온 건 여유가 없다는 대답이었다. 엄마는 그날 아빠에게 소리를 질렀고, 아빠도 가장의 입장을 이해해주지 않는 엄마에게 같이 소리를 질렀다.

엄마, 아빠는 더 이상 가족 여행을 빌미로 싸우지 않았다. 온 가족이 함께 보낸 추억이 많지 않다. 가족사진을 가져본 적이 없고, 기념일마다 찍은 사진에는 한두 명씩 빠져 있었다. 엄마, 아빠는 어느덧 훌쩍 커버린 자식들에게 '어디를 가자'고 말하기 어려웠을지 모른다. 젊었을 적 가본 곳들은 이미 너무나 달라졌다. 용기가 필요했을 것이다.

언니들은 어렸을 때 해보지 않은 일들을 자신의 아이를 통해 하나씩 경험한다.

아이가 생긴 후 우리 가족은 외식을 한다. 가족 여행도 떠났다. 제주도행 비행기에서 엄마, 아빠는 잔뜩 상기된 표정으로 창밖을 내다봤다. 그날 아빠는 직접 하겠다면서 캐리어를 끌고 천천히 걸었는데, 알고 보니 사진을 찍어달라는 의미였다. 엄마는 그냥 앉아만 있어도 좋다고 했다. 엄마, 아빠의 들뜬 모습을 보는 게 왜 이렇게 낯간지러운지, 코끝이 시큰거렸다. 몇 년이 지난 지금도 그날을 회상한다. '거기 좋았지', '네가 그랬었는데' 하면서.

우리는 이제 자연스럽게 한 집에 모이고 식탁에도 둘러앉는다. 더

너는 왜 그렇게 생겨 먹었니

새로워진 우리 가족은 조금 더 시끄럽고, 어떤 날은 정신없다. 그럼
에도 궁금한 사람들이다.

가족이라는 이름으로 우리는 새로운 시간을 쓰고 있다.

제 2 부

나도 나랑
안 친해서

어려서
예쁘다는
말

○ **사진**

지하철에서 괴짜 할아버지를 만난 적이 있다. 의자에 앉아 있는데, 웬 할아버지가 내 앞에 멈춰 섰다. 별안간 "고기 먹지 마"라며 큰 소리로 나를 나무라더니 다음 칸으로 유유히 사라졌다. 황당함도 잠깐, 할아버지가 던진 말은 온전히 내가 떠안게 돼버렸다. 사람들의 시선이 일제히 내게로 몰렸다. 자리를 두 개 차지한 것도 아니고, 아무에게나 비비탄을 쏘아댄 것도 아닌데, 잘 모르는 사람이 뱉은 말 한마디에 고개를 숙이고 말았다.

종종 그런 사람들을 만나왔다.

유치원 때 별명은 '항아리'였다. 이름이랑 발음이 비슷하다는 이유였다. 초등학교에 들어가서는 외형적인 부분으로 새 별명을 얻었

너는 왜 그렇게 생겨 먹었니

다. 그중에서도 '돼지'로 가장 많이 불렸는데, 교내 태권도장에서 스카우트 제의를 받을 정도였다. 돼지라는 별명은 대학생 때까지 나를 따라다녔다. 이 단어를 직접 꺼내는 사람은 줄어들었지만, 은근슬쩍 내가 퉁퉁하다거나 예쁘지 않아서 안 되는 거라고 말하는 사람은 있었다. 가령 실연한 내게 "그러니까 너도 살 좀 빼고"라고 뱉어버린달까.

덕분에 사진 보는 걸 좋아하지 않았다.

특히 예전 사진을 보면서 감상에 젖지 않았다. 사진을 보면 어렴풋이 당시 상황이 떠오르기 마련인데, 그보다 내 생김새에 먼저 시선이 갔다. 사진 속의 나는 눈치 없이 해맑았다. 볼살에 안경이 파묻혀 있고, 팔자주름이 도드라져 보였다. 그렇다고 사진 찍는 걸 싫어하는 건 아니었다. 디지털 카메라가 생긴 이후부터는 꽤 자주 찍었다. 다 삭제해버린 탓에 풍경 사진이 주를 이뤘지만 말이다.

누군가 사진을 보며 "예쁘다!"라고 하면, 꼭 비뚤어진 의자에 앉은 것처럼 자리가 불편했다. 그 사진이 10년 전 것이든, 5년 전의 것이든, 지금보다 피부가 좋고 볼살이 퉁퉁한 게 예뻐 보인다고 한다. 술살이라는 게 없을 때이기도 하고. 어려서 예쁘다는 게 어떤 느낌인지는 알아도 고개를 끄덕일 수는 없었다. 내 어릴 적 모습은 예쁜 편에 속하지 않았기 때문이다. 백발노인이 돼서야 '참 예뻤지' 하고 웃으며 말할 것 같았는데, 어쩐지 음흉하게 느껴져서 이해하려는 노력도 하지 않았다.

그로부터 몇 년이 지나지도, 머리카락이 하얗게 새지도 않았다.

퇴근길에 어떤 사람을 보고 혼잣말을 뱉은 게 시작이었다. 맞은편에서 스무 살쯤 돼 보이는 여자가 걸어오고 있었다. 옷을 잘 입거나 뛰어나게 예쁜 외모는 아니었다. 그런데 유독 그 여자가 크게 보였다. 주변에는 막 퇴근한 사람들이 고개를 숙이고 걸어가는데, 혼자 밝은 표정으로 통화를 하고 있었다. 나도 모르게 "좋겠다"는 말이 나왔다. 직장 생활을 하지 않아서인지, 미주알고주알 이야기할 사람이 있어서인지, 혹은 다른 이유에서인지, 부러워하는 영문도 모른채 집으로 돌아갔다.

'주변 시선을 신경 쓰지 않고 웃어본 게 언제였더라.'

두어 번 더 비슷한 상황을 맞닥뜨린 후에야 이런 생각을 해봤다. 특히 카메라 앞에서 입을 꾹 다물어버린 적이 많다. 후일에 내 사진을 봤을 때 부끄럽고 싶지 않았다. 잘 보이고 싶었는지도 모른다. 그 대상이 나여야 좋을 텐데, 지하철 괴짜 할아버지 같은 몇몇 무례한 사람들에 가까운 것 같았다. 억울한 감정보다 의문이 먼저 들었

너는 왜 그렇게 생겨 먹었니

다. 사람들이 보는 나 말고, 내가 보는 나는 정말 부끄러울까. 적어도 사진 속의 나는 지금보다 날씬하지 않던가.

의자를 밟고 올라가 장롱 위를 더듬었다.

앨범을 펼치자 사진이 바닥에 떨어졌다. 마음에 들지 않아, 언젠가 따로 빼놓은 것들이다. 유치원 때부터 중학교 때까지 다양했다. 여전히 통통하고 촌스러운데, 좀처럼 보지 않았던 게 눈에 들어왔다.

아빠 무릎에 앉아 손가락으로 V자를 그린 날, 언니와 아이스크림을 사러 슈퍼에 간 날, 사생대회에 갔다가 잉어에게 밥을 준 날, 또 쉬는 시간에 흥에 겨워 춤을 춘 날. 내 주변에는 가족과 친구들, 색다른 장소가 있었다. 나를 향해 카메라 셔터를 누른 누군가까지.

눈치 없이 해맑았다고 생각했는데, 눈치 없이 해맑아도 좋을 만큼 누군가와 함께 보낸 시간이 즐거웠던 모양이다.

'그래도 지금보다는 낫네' 싶은 생각에 앨범에 다시 사진을 끼워 넣었다.

사진 속의 내 모습을 보며 지금의 나도 같이 웃는다.

너는 왜 그렇게 생겨 먹었니

더하는
놀이

○ 손거울

주변의 모든 것들이 놀잇감이었다.

초등학교 때는 전자기기라면 비디오나 오락기, 기껏해야 다마고
치가 전부였다. 하지만 혼자 다루기 어려웠고 무엇보다 돈이 필요
했다. 이 상황은 역설적으로 전자기기를 제외한 모든 것들을 놀잇
감으로 만들어줬다.

나는 신호등 앞에 서는 걸 좋아했다. 횡단보도의 흰색 부분만 밟
고 건넌 다음, 돌아올 때는 횡단보도를 다 건널 때까지 숨을 참았다.
보도블록에서는 선 밟지 않기, 빨간색 블록만 밟기 등 혼자 나름의
규칙을 정했다. 규칙을 정하는 것도 참여하는 것도 나이기 때문에
필요에 따라 눈감아주는 일도 많았다.

가장 흥미로운 건 엄마의 서랍이었다.

레이스가 달린 브래지어, 파운데이션, 립스틱, 손거울을 하나씩 들여다봤다. 화장품 냄새 때문에 코끝이 간질거렸다. 호기심과 설렘, 몰래 엄마 물건을 보는 데 대한 긴장감으로 가슴이 뛰었다. 특히 손거울을 꺼내들 때 설렜다. 광택이 나는 은색 손거울이었는데, 형광등 아래에서 요리조리 돌려보면 빛이 반사됐다. 만화를 보면 물건이 '반짝' 하는 순간에 다른 차원으로 향하는 문이 열렸다. 나도 차원의 문에 손을 댔다. 엄마의 방은 일순간 다른 차원의 공간이 됐다. 손거울을 열자 양면 거울에 내 얼굴이 가득 찼다. 거울 위로 오늘의 임무가 떠오른다. '악의 무리를 무찔러 주세요.' 다른 차원이라 그런지, 나는 조금 용감해졌다.

집밖을 나섰다. 거울을 비추면 악당을 가려낼 수 있다. "출동!" 나는 골목 끝에서 끝으로 내달렸다. 가속도가 붙으면서 내 몸에 날개가 돋아났다. 몸이 붕 뜨는 걸 느꼈다. 나는 간판과 자동차로 둔갑한 악당에 거울을 비추며 그들을 물리쳤다. 그리고 악당을 물리칠 때마다 거울을 '탁' 닫았다. 일종의 세레모니였다. 땀범벅이 돼 집에 들어온 날 보고 할머니는 놀랐지만, 나는 웃었다. 자주 엄마 방을 기웃거리다 이내 손거울을 쥐고 골목을 내달렸다. 정의를 위한 싸움은 한동안 계속됐다.

너는 왜 그렇게 생겨 먹었니

오랜 시간 나를 내달리게 만든 힘은 상상력이었다.

지금의 나는 손거울을 가지고 얼굴을 살핀다. 마스카라 자국을 덜어내고, 이에 낀 고춧가루를 빼낸다. 나도 모르게 자꾸 덜어내려는 관성이 생긴 것일는지 모른다. 가끔 아이들의 놀이를 보면서 "도대체 왜?"라는 질문을 한다. 말이 안 되는 이야기이기 때문이다. 반대로 내가 지금 손에 든 것으로 뭘 할 수 있는지를 상상해보라고 해도 "도대체 뭘?"이라는 말을 할 것 같다.

어느 편에서나 의문이 든다면 상상력이라는 작은 출구 하나쯤 열어두는 것도 좋겠다.

세일러
머큐리

○ **파란색**

나는 파란색과 분홍색 사이에서 고민하는 아이였다.

신발 가게에는 꼭 두 가지 색 아동화가 있었다. 로봇이 그려진 파
란색 운동화와 공주가 그려진 분홍색 운동화. 공주를 보고 있으면
나까지 만화 속 주인공이 된 것만 같았다. "변신!"을 외치면 긴 머리
카락과 나풀거리는 원피스를 갖게 되는 주인공들. 하지만 분홍색
운동화를 신어도 그들처럼 머리카락이 길어지거나 원피스가 생기
지는 않았다. 거울 속 나는 구레나룻이 드러난 짧은 머리카락을 가
졌고 늘어난 고무줄 바지를 입고 있었다.

어른들은 내게 "잘생겼다!"는 이야기를 많이 했다.

건강해 보인다거나 씩씩해 보인다면서 부모님에게 잘하라고 했

다. 어른들은 으레 집안에 아들이 있어야 가정이 바로 선다고 믿었는데, 우리 부모님도 마찬가지였다. 아들을 낳겠다는 일념으로 딸을 셋이나 낳았고, 넷째까지 딸로 태어나자 이름과 외형을 아들처럼 가꾸는 것으로 대신했다. 같은 유치원에 다니던 여자아이들은 꼭 만화 속 주인공 같았다. 머리카락을 길게 땋았고 치마에 흰색 스타킹을 신고 다녔다. 이미 그때부터 내가 다른 여자아이들과 외적으로 다르다는 걸 알았다. 하지만 치마를 사달라고는 하지 않았다. 바지를 입으면 어디에서나 주저앉기 편했으니까. 아니, 하루아침에 만화 속 주인공이 될 리 없었으니까.

내가 고를 수 있는 건 텔레비전 채널이었다.

나는 〈세일러문〉을 좋아했다. 평범한 여학생이 미소녀 전사로 변해 세상의 악에 맞서 싸운다는 이야기다. 변신 장면이 나올 때마다 나는 텔레비전 앞으로 바짝 다가갔다. 주인공들이 "문 크리스탈 파워~" 하고 외치면 무지갯빛에 둘러싸였다. 머리 장신구, 큰 리본이 달린 세일러복, 그리고 동글동글한 요술봉이 차례차례 나타났다.

그중에서도 세일러 비너스를 제일 좋아했다. 주황색 세일러복을 입었는데, 엉덩이까지 내려오는 금발과 잘 어울렸다. 이름에서도 알 수 있듯이 세일러 비너스는 아름다웠다. 긴 머리카락과 큰 눈, 예

너는 왜 그렇게 생겨 먹었니

쁜 옷, 잘록한 허리는 내가 갖지 못한 것들이었다. 오히려 정반대였다. 나는 미소녀 전사로 불리는 대신, 여자아이들에게는 정의의 사도로 불렸고 남자아이들에게는 악당으로 불렸다.

나는 덩치가 크고 머리카락이 짧다는 이유로 남자아이들에게 팔씨름 대결 신청을 받았다. 한두 번 대결에서 이겼을 뿐인데 아이들 사이에서는 "당연히 걔가 이기지" 하는 이야기의 주인공이 돼버렸다. 남자아이들과 여자아이들 사이에서 분쟁이 일어날 때마다 나는 앉은 자리에서 일어나야 했다. 여자아이들은 괴롭힘을 당할 때마다 내게 왔고, 나는 남자아이들 앞에 서서 허공에 주먹질을 해댔다.

학년이 올라가면서 남자아이들의 힘이 세졌다. 어떤 날은 팔씨름을 하다가 멍이 들었고, 어떤 날은 남자아이가 자기 어깨로 내 어깨를 밀쳤다. 차마 아프다고 말할 수 없었다. 그럴 때마다 나는 당황해서 한 걸음 물러났는데, 뒤를 돌아보면 나를 응원하는 아이들이 있었다. 돌아가고 싶었다. 그런데 나를 바라보는 두 무리 중 어느 곳으로 가야 할지 몰랐다.

나는 내가 특별하다고 주문을 걸었다.
그 즈음의 나는 동네 동생들과 더 자주 어울렸다. 우리는 대문에 세일러문 주인공들이 새겨진 스티커를 붙여 놓고, 골목 끝에서부터 달리기 시합을 했다. 선착순으로 캐릭터를 고르면 그 캐릭터가 되어 역할놀이를 하는 것이었다. 나는 첫 번째로 대문에 닿았지만 선뜻 고르지 못했다. 우물쭈물하는 동안 한 동생이 달려와 세일러 비너스를 골랐다. 나는 망설이다 세일러 머큐리를 골랐다. 파란색에 머리카락이 짧은 캐릭터였다. 이후 동생들이 차례대로 세일러 문과 세일러 마스를 골랐다. 한 동생이 "왜 세일러 머큐리를 골랐냐"고 물었다. 왠지 그래야 할 것 같았다. 이유를 설명하기 어려워 "그냥"이라고 답했다. 그러고는 "특별해 보이잖아!" 하고 다시 말했다.

특별해 보이잖아. 그 말 한마디가 세일러 머큐리를 특별한 주인공으로, 또 그 주인공을 좋아하는 나를 더 특별한 아이로 만들어줬다. 나는 지금도 세일러 비너스처럼 머리카락이 길지 않다. 하지만 나의 외형과 말투, 그리고 언제 길들여졌는지 모를 습관들에 대해 낯설다고 말하는 사람을 향해 눈썹을 치켜올린다.

"왜, 특별하잖아."

너는 왜 그렇게 생겨 먹었니

최초의
도둑질

○ **큐빅**

집에서 20분 남짓한 거리에 삼촌네 집이 있었다.

골목을 지나 언덕을 한참 올라가면 빌라가 다닥다닥 붙어 있는 평지가 드러났다. 삼촌네 집은 그중에서도 제일 끝에 자리했다. 그 집은 어린이 혼자 오갈 수 있는 가장 먼 곳이었다. 경사진 돌계단을 밟는 것부터 단단한 대문을 여닫는 것까지 대단한 경험으로 여겨졌다.

그 집에 가면 늘 이모와 사촌 여동생 두 명이 있었다. 이모는 설거지를 하거나 빨래를 개켰고, 사촌 여동생들은 텔레비전 앞에 바짝 앉아 있었다. 나는 언니라는 이유로 사촌 여동생들과 놀아줬는데, 되돌아보면 같이 텔레비전을 보다가 뒤엉겨 낮잠을 잤다. 낮잠에서 일어나 돌아오는 일이 익숙해질 즈음, 그 집에 처음 보는 물건이 생겼다.

쟁반 가득 보석이 있었다.

이모는 주방 바닥에 앉아 보석 알마다 실리콘을 칠했다. 그러고는 머리핀에 하나씩 옮겨 붙였다. 이모의 손길은 느릿느릿해서 꼭 소중한 물건을 다루는 것처럼 보였다. 사촌 여동생들은 그 주위에 앉아 손끝을 따라 고개를 움직였다. 나도 그 곁에 바짝 앉았다. 이모는 앉은 자리에서 커다랗고 멋진 보석 머리핀을 만들었다. 반짝거렸다. 텔레비전에서 똑같이 생긴 다이아몬드를 본 적이 있었다. 심지어 이모가 만드는 보석 밑부분은 금으로 되어 있었다. 몰래 보석들을 움켜쥐었다가 내려놨다. 잠시나마 내 손도 반짝반짝 보석이 된 것 같았다.

낮잠에 들 시간이었다. 나는 사촌 여동생들 곁에서 내내 눈만 꿈뻑거렸다. 보석을 한 번 더 만지고 싶었다. 다음으로는 하나만 갖고 싶었다. 어두울 때 꺼내보고 친구들에게도 보여주고 싶었다. 이모가 화장실에 간 사이, 나는 주방으로 나와 쟁반에 손을 뻗었다. 가득 보석이 만져졌다. 한 움큼을, 집어 주머니에 욱여넣었다. 안녕히 계시라는 말 한마디를 하고 그 집을 나섰다. 누군가 내 목덜미를 잡아채지 않을까 싶어서 뛰지도, 그렇다고 천천히 걷지도 않는 상태로 집으로 향했다. '이모는 보석이 많으니까 괜찮아, 괜찮아' 하고 중얼거리면서.

너는 왜 그렇게 생겨 먹었니

집으로 돌아와 가장 먼저 서랍을 열었다. 보석을 휴지에 감싸 서랍 깊숙이 밀어 넣었다. 당장이라도 이모가 우리 엄마에게 전화해 내가 도둑질을 했다고 말할까 봐 두려웠다. 하루가 지나도 엄마의 행동은 달라지지 않았다. 나중에라도 이모가 보석이 없어진 걸 알았을 때, 내가 보석을 안 갖고 있다면 어떨까.

보석을 없애버리기로 했다.

집 근처 금은방에 가서 팔아버리려고 했다. 잘하면 우리 식구가 방 하나씩을 갖고 맛있는 음식도 실컷 먹을 수 있었다. 큰돈을 가져다주면 엄마에게 오히려 칭찬을 받을 거라고 생각했다. 금은방 앞에까지 갔지만 결국 돌아왔다. 금은방 아저씨가 엄마보다 훨씬 더 컸기 때문이다.

나는 보석을 더욱 깊숙이 밀어 넣었다. 하루에 한 번씩 보석이 제자리에 있는지 꺼내봤다. 멀리서 기침 소리라도 들리면 휴지를 꼭 쥐고서는 그대로 굳어버렸다. 나는 보석을 오래 들여다보지도, 친구에게 보여주지도 못했다. 처음에는 눈이 부실 만큼 반짝거렸는데 시간이 지날수록 빛을 잃었다. 꺼내보는 만큼 빛을 잃었다.

보석을 꺼내보는 횟수가 줄어들었다. 대신 서랍 안의 보석을 자주 떠올렸는데, 직접 꺼내보지 않는 한 계속 반짝거렸다. 엄마가 방문을 열어젖히고 내 앞으로 성큼성큼 다가오는 상상도 했다. 엄마가 한 걸음 다가올 때마다 내 키도 한 치씩 줄어들었다.

여러 날이 지났다. 결국 나는 이모에게도 엄마에게도 도둑질을 들키지 않았다. 아니, 아무도 나를 벌 세우지 않았다.

단지 내 마음이 타들어 가는 동안 보석 밑부분에도 녹이 슬었다.

너는 왜 그렇게 생겨 먹었니

차가운
손

○ 우산

　그날은 비가 내렸다.

　창밖으로 나뭇가지가 흔들리는 게 보였다. 창문에 빗방울이 가는 줄처럼 묻어나더니 곧 비가 쏟아졌다. "우산 가져왔니?" 빗소리가 커서 선생님의 말소리가 멀게 느껴졌다. 우리는 고개를 저었다. 우산이 없다고 해서 아무도 놀라거나 걱정하지는 않았다. 오히려 비 소식을 반겼다. 한 아이는 창문을 열어 팔을 쭉 내밀었다. 비릿한 비 냄새도, 시원한 빗소리와 기온도 우리를 들뜨게 만들었다.

　복도에서 발소리가 들렸다.

　복도 쪽에 난 작은 창문으로 어른들의 얼굴이 보였다. 어른들은 내 쪽을 바라보며 누군가를 찾고 있었다. 반 아이들은 누군가를 발

너는 왜 그렇게 생겨 먹었니

견하고는 "엄마!" 하고 불렀다. '엄마는 비가 오면 우산을 들고 마중을 오는 사람이구나' 싶었다. 그 많은 얼굴 중에 우리 엄마도 있을 것 같았다.

우리 엄마는 매일 아침 밥을 차려주고는 일을 하러 갔다. 늘 저녁이 돼야 돌아왔기 때문에 엄마가 낮에 돌아다니는 모습을 상상하지 못했다. 그런데 반 아이들의 엄마를 보면서 왠지 모를 기대가 생겼다. 종례가 끝나자마자 반 아이들은 엄마를 찾아갔다. 모두 엄마 팔에 매달려 복도 끝에 난 문으로 걸어갔다. 엄마는 한 손으로 아이의 손을 잡고, 다른 한 손으로는 우산을 펼쳤다. 나는 복도 끝을 빤히 쳐다봤다.

교실 안, 서른 명이 앉아 있던 자리는 금세 비었다.

나를 포함해 네다섯 명이 남아 교실을 뛰어다니거나 여전히 창문을 바라보면서 시간을 보냈다. 선생님은 재차 "엄마 오시니?" 하고 물었다. 그렇다고 말하는 아이를 보면서, 나도 똑같이 말했다.

마지막 한 아이가 엄마 손을 붙잡고 나갔다. 나도 곧 엄마가 올 거라며, 가방을 챙겨 들고 복도로 나갔다. 복도에는 여기저기 신발 자국이 나 있었다. 꼭 흙탕물 같았다. 물줄기가 이어져 있는 곳을 보

너는 왜 그렇게 생겨 먹었니

니 출입구 쪽이었다. 건물 앞으로 나가 주변을 둘러봤다. 조금 전까지 나를 들뜨게 했던 비릿한 비 냄새며 시원한 빗방울이 이제는 습하고 축축하게 느껴졌다. 눈에 빗물이 들어가서 앞이 뿌옇게 흐려졌다. 눈을 비비고 다시 봤지만 모두 교문을 빠져나가고 있었다.

빗줄기가 가늘어졌다.

나는 신발주머니로 머리를 가리고 건물 밖을 나섰다. 운동장을 가로지르는데 흙이 젖어서 걸을 때마다 자박자박 소리가 났다. 빨리 뛰어야겠다고 생각했다. 반대로 엄마가 나를 못 보고 지나칠 수도 있겠다는 생각이 들었다. 경중경중 뛰었다.

집에 돌아와 젖은 신발과 옷을 벗어 던졌다. 엄마가 올 거라고 괜한 상상을 한 게 부끄러웠다. 밥을 두 공기나 먹고 텔레비전도 봤다. 저녁이 되어서야 엄마가 돌아왔다. 나는 아무렇지도 않은데, 왜 엄마를 보자마자 가슴이 답답하고 눈물이 차오르는지 알 수 없었다. 엄마가 밉다느니 싫다느니 하는 말을 뱉어버리고 이불을 뒤집어썼다.

많이 부끄러웠던 까닭인지, 그날 밤에는 몸이 달아올랐다. 엄마는 밤새 내 볼과 이마를 만져줬다. 열 기운에 눈을 제대로 뜨지 못했지만 엄마의 목소리는 잘 들렸다. "애기야, 미안해." 엄마의 낮은 목소리, 그리고 서늘하고 기분 좋은 손길에 그만 웃음이 나왔다.

비 오는 날 우산을 가져오지 않는 엄마라도, 이렇게 차가운 손을 가진 엄마라서 좋았다.

빨간
마스크를
찾아서

○ 판타지

우리에게는 13일의 금요일보다 더 무서운 이야기가 있었다.

빨간색 마스크를 쓴 여자, 일명 '빨간 마스크'다. 으슥한 골목길을 혼자 걸으면 빨간 마스크가 나타난다. 빨간 마스크는 이렇게 질문한다. "나 예뻐?" 예쁘다고 대답하면 마스크를 벗고 다시 한 번 묻는다. "이래도 예뻐?" 마스크를 벗으면 귀밑까지 찢어진 입이 드러난다. 마스크가 빨간 이유도 피에 흥건히 젖었기 때문이다. 여기서 중요한 건 예쁘다고 하든 예쁘지 않다고 하든 모두 빨간 마스크에게 입이 찢어져 죽는다는 것.

손바닥만 한 책에서 시작된 이 이야기는 삽시간에 우리 학교를 발칵 뒤집어 놓았다. 권선징악 플롯에 익숙해져 있던 초등학생에게 이방인, 피, 죽음 같은 소재는 자극적이었다. 이야기는 입에서 입으로 전해졌다. 빨간 마스크에게 속수무책 당할 수 없다는 여론이 형성되면서, 빨간 마스크를 무찌르기 위한 방책도 나왔다. 똑같이 빨간 마스크를 쓰고 다녀야 한다는 의견, 반드시 둘 이상 함께 다녀야 한다는 의견들이 나왔다. 그중에서도 가장 큰 지지를 받은 건 '포마드'를 네 번 외쳐야 한다는 것이었는데, "책에서 봤어"라는 한마디가 결정적인 역할을 했다.

실제로 빨간 마스크를 마주쳤다는 아이들도 나타났다. 한 아이는 포마드를 네 번 외쳐서 도망쳤고, 며칠 뒤 다른 아이는 때려 눕혔다고 말했다. 여기저기 목격담과 무용담이 나오면서 나에게도 사명감이라는 게 생겼다. 아이들의 알 권리를 충족시켜줘야 한다는, 아니 다른 아이들에게 뒤처지지 않아야 한다는 나에 대한 사명감 같은 것.

저녁 7시가 되자 거리에 어스름이 깔렸다.

가로등이 하나둘 켜졌다. 지붕 낮은 집들 너머로 찌개 냄새가 풍겼다. 분명히 익숙한 골목과 냄새인데, 문이 다 닫혀 있는 풍경은 처음이었다. 그날따라 흔한 똥개 한 마리 보이지 않았다. 보도블록이 유난히 울퉁불퉁하다는 생각을 하는 사이 초등학교 앞에 도착했다. 아이들의 목격담에 따르면 '으슥한 골목'에서 빨간 마스크가 나타났

너는 왜 그렇게 생겨 먹었니

다. 정작 어디로 나 있는 골목인지는 듣지 못했지만, 우리 동네에서 으슥한 골목이라는 건 내가 잘 가지 않는 곳임이 분명했다. 나는 초등학교 옆 골목으로 들어갔다.

그곳은 중학교 언니 오빠들이 담배를 핀다고 전해지는 골목이었다. 하지만 빨간 마스크 괴담이 강력했는지 언니 오빠들의 모습은 보이지 않았다. 가로등 불도 들어오지 않아 유독 캄캄했다. 멀리서 개 짖는 소리가 났다. 나는 한 걸음씩 천천히 옮겼다. 멀리서 부스럭거리는 소리가 들렸다. 누군가 이쪽으로 다가오고 있었다. 어디서 그런 용기가 나왔는지 모르겠다. 머릿속으로 포마드를 외치면서 한 걸음 더 내딛는 순간, 발바닥에 물컹거리는 게 밟혔다. 허공에 팔을 휘저으며 뒤도 돌아보지 않고 그 골목을 빠져나왔다. 집에 이르러 신발 바닥을 보니 갈색 덩어리가 묻어 있었다. 개똥이었다.

다음날 나는 보도블럭 모서리마다 신발 바닥을 문댔다. 냄새도 흔적도 모두 없앴다. 그리고 교실에 도착해서 목격담을 늘어놓았다. 멀리서 부스럭거리는 소리가 났고, 큰 키에 머리카락을 길게 기른 여자가 휘적휘적 걸어 나왔다고. "그래서 어떻게 했어?"라는 질문에 나는 잠시 고민했다. 그리고 이렇게 답했다. "못 나오던데." 나는 최초로 어스름한 골목에 빨간 마스크를 가둔 어린이가 됐다.

빨간 마스크 무용담이 공공연해지면서, 우리에게는 새로운 무용담이 나타났다.

초등학교 옆 골목에 중학교 언니 오빠들이 출몰한다는 것이다. 기존에 전해지던 이야기에서 한층 더 나아가, 그들이 특정 색깔의 옷을 입은 아이들만 골라 옷을 찢어버린다고 했다. 우리는 금세 노란색을 기피했다. 그중에서도 끝까지 노란색 옷을 고집한 아이들은 용감함의 상징이 됐다.

이후로도 초등학교 옆 골목, 아니 어스름한 골목들에서는 기인들이 나타났다. 평상시에 볼 수 없을 법한 사람들부터 충분히 만날 법한 사람들까지. 그 사람들을 기인으로 만든 건 우리들의 상상력, 그러니까 작은 무용담이었다. 지금은 까맣게 잊고 지내는 그 이야기들 덕분에 우리는 같이 웃기도 하고 무서워하기도 했다. 또 마음만 먹으면 영웅이 됐다.

이제 와 그때를 떠올리면 웃음이 난다. 아니, 한 번 웃어버리고 만다. '내가 왜 그랬을까' 하고 후회하는 일이 아닌 '그때 참 웃겼지' 하고 웃어넘길 수 있는 일이 생각만큼 많지 않다. 그때 우리에게는 어스름한 골목이라는 신비의 장소가 있었고, 그 장소 덕분에 열과 성을 다했다. 익숙한 풍경들에서 잠시 멀어져 흥미로운 이야기의 주

너는 왜 그렇게 생겨 먹었니

인공이 될 수 있었다. 당시를 돌이켜 보면 지금의 내가 써 내려가는 이야기들이 익숙한 풍경에만 머물러 있는 게 아닐까 생각하게 되는 것이다. 그래서 나만의 어스름한 골목들을 찾아 나선다.

지금의 나에게도 가끔은 허황된 이야기가 필요하다.

언제
어디서든
갖는 공간

○ **숨바꼭질**

숨바꼭질을 하다가 한 번은 옷장에 숨었다.

이불 더미에 앉아 문을 닫았다. 좁고 캄캄했다. 무릎을 굽혔다가 모로 누웠다가 하며 움직이면, 내가 움직이는 대로 이불이 내려앉았다. 네 면이 차갑고 딱딱한데도 바닥이 푹신푹신해서 꼭 안겨 있는 것 같았다. 가만히 누워 문틈으로 술래가 가까워졌다가 다시 멀어지는 걸 봤다. 분명 술래 발소리가 컸는데 눈을 감자 내 숨소리가 더 크게 들렸다. 한 공간이 내 소리로 가득 차다니, 신기한 일이었다.

나에게 귀를 기울이게 되면서, 종종 가상의 술래를 만들어 안으로 숨어들었다. 누군가로부터 숨는다는 건 재미있었다. 쉽게 들키지 않는 장소를 찾다 보면 나만 찾아갈 수 있는 비밀 장소를 발견했다.

너는 왜 그렇게 생겨 먹었니

가상의 술래는 내게 많은 곳을 안내해줬는데, 이를테면 아침마다 방 한편에 개켜놓은 이불 더미라든지 낮은 책상 밑이었다. 매일 마주하기 때문에 오히려 들여다보지 않는 곳. 그곳에서 나는 콧노래를 불렀고, 눈을 감고 있다가 깜빡 코를 골기도 했다.

나는 그곳에서 한 꺼풀 가벼워졌다.

중학교 때는 창고로 쓰던 옥탑방에서 소리 내 울었고, 고등학교 때는 독서실 책상 가림막을 베개 삼아 코를 팠다. 대학 때는 버스 막차 안에서 사람들을 벽 삼아 "왜 그럴까" 하고 혼잣말을 했다. 평소에는 눈여겨보지 않은 자리에서 나는 솔직해졌다. 그곳에서의 일들은 은밀하지만 비밀은 아니다. 누군가 본다고 해서 손가락질하지는 않는다. 굳이 보여줘서 얼굴 붉힐 일도 아니다. 혼자만의 자리를 갖고 있다는 사실이 좋았다. 내가 꺼내놓는 말과 행동들은 은밀할수록 꼭 대단한 것처럼 느껴졌기 때문이다.

수년간의 숨바꼭질 끝에 얻은 게 있다면 공간을 갖는 요령이다.

몇 가지만 갖추면 된다. 첫 번째는 혼자가 아닐 것. 주변에 사람이 너무 많으면 시선 둘 곳을 찾기 어렵지만, 오롯이 혼자 있으면 오히려 주변을 둘러보고 싶어진다. 두 번째는 몸에 힘을 뺄 것. 바닥에 대자로 누울 수는 없어도 어깨를 늘어뜨릴 수는 있다. 마지막은 조

너는 왜 그렇게 생겨 먹었니

금 어려울 수 있다. 굳이 뭘 하려고 하지 않을 것. 코가 가려우면 긁고, 창밖에 광고판이 보이면 유심히 들여다봐도 좋다.

나는 지금도 사람들 틈바구니를 비집고 자리를 편다.

지하철 공덕역에서 합정역으로 향하는 10분, 프로그램 본방송 사이의 광고 시간 1분, 회의 시간 중 딴생각 몇 분. 잠시 자리를 펴고 있다가 돌아온다. 다시 주변의 소음이 커지고, 희뿌옇게 지워져 있던 주변 사람이 하나둘 보인다. 그러면 아무 일 없었다는 듯 자세를 고쳐 앉는다. 주변은 여전히 바쁘고, 나는 조금 가벼워진다.

조금 가벼워지는 걸 보면, 잠시 "낮잠을 잔다"고 말할 수 있겠다.

나의
여자친구

○ **구슬**

주머니에 구슬이 들어 있었다.

조카와 구슬찾기 놀이를 하다가 넣어둔 것이다. 한 사람이 집 안에 구슬을 숨기면 다른 한 사람이 구슬을 찾아내는 놀이다. 나는 조카와 놀 때 내가 어릴 적 하던 놀이를 떠올리며 하는 편이다. 어릴 적에는 뭐든 숨기는 걸 좋아했다. 구슬이든 비밀 이야기든. 무언가를 숨기며 우리는 돈독해졌다. 반대로 돈독해지려고 숨겨 놓은 것도 있다.

어릴 적 친구들은 '편'을 나눴다.

이성 친구와 친하게 지내면 꼭 좋아한다고 오해를 했다. 자연스럽게 여자와 남자로 편을 갈랐다. 아이들은 자신이 속한 그룹에서 존재감을 드러내려고 부러 다른 편을 깎아내리기도 했다.

너는 왜 그렇게 생겨 먹었니

여자 편과 남자 편 외에도, 내가 속한 그룹에는 '내 편'과 '네 편'이 있었다. 내 편은 모든 일에 함께해준다. 화장실 같은 칸에 들어가 친구가 볼일을 마칠 때까지 기다린다. 또 자물쇠가 달린 일기장도 교환한다. 네 편은 이러한 일거수일투족을 다른 친구와 한다. '세 명의 법칙'에 의해서도 만들어진다. 세 명이 있으면 그중 한 명은 소외된다. 야외학습을 할 때는 항상 두 명이 짝지어 이동했고, 버스 좌석도 두 자리씩 붙어 있었기 때문이다. 무엇보다 질투심이 많았다.

우리는 질투심이 많았다.

친구 A와 비밀 만들기를 좋아했다. 자물쇠가 달린 일기장을 교환하고 거기에 장래희망도 적었다. 비밀이 많아질수록 A와의 관계도 특별해졌다. 그리고 B를 알게 됐다. 착하고 잘 웃는 아이였다. A는 우리 아지트에 B를 데려오고, 비밀 이야기에도 B를 참여시켰다. 비밀 이야기가 전처럼 특별하게 느껴지지 않았다. 셋이 노는 게 불편하다고 말하면 A와 멀어질까 부러 B에게 친절하게 대했다. 시간이 지나 나는 B와 가까워졌다. 그리고 A의 말수가 줄었다.

A는 나와 단둘이 있을 때면 B의 이야기를 했다. 물건을 살 때 오래 고민한다거나 하교할 때 책가방을 늦게 꾸리는 게 답답하다는 내용이었다. 몇 날 며칠을 뭉근하게 이야기했던 것 같다. 어린 나이였

지만 A가 원하는 대답이 뭔지, 그리고 내가 고개를 끄덕였을 때 어떤 일들이 일어날지 짐작할 수 있었다. A를 실망시키고 싶지 않았다. 사실은 오랜만에 A와 비밀을 만들었다는 생각에 설렜다.

얼마 뒤 화장실 벽에 B의 험담이 적혔다. B가 울었고 우리는 B를 위로했다. 나는 A가 한 일인 걸 알았지만 아무것도 할 수 없었다.

사실은 하지 않았다.

무서웠다. B의 친언니라도 나타나 우리를 혼낼 것 같았다. 사실은 A가 더 무서웠다. 이제 와서 내가 싫다고 말하면, 반대로 A와 B가 나를 괴롭힐 것 같았다. 나는 싫다는 말 대신 앞으로 우리 둘만 화장실에 가자고 제안했다.

하루하루 B의 표정이 어두워졌다. 처음 화장실 벽에 낙서하는 것으로 시작했던 일이 나중에는 B의 별명을 만들어 면전에서 험담을 늘어놓는 일로 번졌다. 나는 A와 비밀스러운 말들을 주고받았지만, 그게 B를 괴롭히는 일이라는 걸 몰랐다. 아니 그렇게 보이고 싶었다. 나는 B와 헤어지기 전에 일부러 소리 높여 인사했고, B와 단둘이 있을 때면 더 환하게 웃었다. 아무것도 모른다는 듯이.

너는 왜 그렇게 생겨 먹었니

새 학년이 되고 난 후 우리는 다른 친구들을 사귀었다.

새로운 곳에서 '내 편'을 만들기 위해 나는 더 크고 많은 비밀을 만들었다. A와 나눈 비밀은 금방 작고 오래된 이야기가 됐다. 내가 '네편'으로 내몰린 적도 있다. 아이들은 내가 모르는 이야기에 웃었고 쉬는 시간에는 내게 말도 없이 반을 나섰다. 나는 쉬는 시간 10분 동안 멀거니 자리에 앉아 있는 게 싫어 피곤한 척 엎드렸다. 엎드려서 눈만 끔벅거리다가 B는 어떤 기분이었을지를 생각했다. 알 수 없었다. 나는 그때 B의 얼굴을 제대로 쳐다보지 않았다.

아이들과 숱하게 나눈 비밀 이야기가 지금은 기억나지 않는다.

기억나는 건 꼭 한 사람은 쉬는 시간에 혼자 남겨졌다는 사실이다. 비밀이 많을수록 견고해질 줄 알았던 우리 관계는 사실 비밀스럽지 않았다. 그래서 쉽게 뭉치고 흩어졌다. 어쩌면 제대로 설명하거나 마주보고 싶지 않은 일들에 '비밀'이라고 이름 붙였는지도 모른다.

당시 나는 B의 얼굴을 제대로 쳐다보지 못했지만 내 얼굴은 기억한다. 궁금했다.

"뭘 잘못했지."

너는 왜 그렇게 생겨 먹었니

보물
상자

○ 크리스마스 카드

오랜만에 꺼내든 가방에서 껌 종이가 나왔다.

메시지가 새겨져 있었는데 아마 하루의 운세라고 여기며 넣어둔 모양이다. 그래도 그 내용이 '행운의 컬러는 블루'라니, 운세로 여기기에는 부실하지 않았나 싶다. 쓰레기통에 버리려다가 주머니에 넣었다. 마침 파란색 운동화를 신고 있었기 때문이다.

나는 물건을 잘 버리지 못한다.

책꽂이에는 언젠가 다녀온 전시 리플릿, 친구가 그려준 낙서, 재질이 특이한 컵홀더, 포춘 쿠키에 들어 있던 운세 종이 등 잡다한 물건이 꽂혀 있다. 물건의 종류만큼 이유도 다양하다. 마침 나의 기분을 좋게 만들었거나 잊고 지내던 감정을 떠올리게 만들었을 때, 그리고 나중에 보면 예뻐 보일 것 같다든지 단순히 버리기 아까워서인 경우도 있다. 제때 버리지 못하고 후일에 발견하는 일도 많다.

그래서 내 물건들을 하나하나 살펴보면 본래의 목적과 쓰임을 다했고, 사실상 쓰레기라고 부를 만한 것도 있다. 수집이라고 말하기에는 희귀성도 애초의 목적성도 부족하다. 나는 그 책꽂이를 가리켜 '보물상자' 혹은 '미련상자'라고 부른다.

내 최초의 '상자'에는 종이가 가득했다.

초등학교에 다닐 때는 매년 크리스마스에 카드를 주고받았다. 크리스마스 오브제가 새겨진 카드를 여러 장 사서 글을 썼다. 아이들 대부분 카드의 내용보다 카드를 얼마나 많이 받느냐를 중요하게 생각했다. 카드 증정식이 끝나면 다 같이 모여서 몇 장을 받았는지 물어봤으니 말이다. 그래도 누군가에게는 평소 말을 잘 나누지 않았던 아이에게 자연스럽게 다가갈 수 있는 핑계였고, 기회를 놓쳐 하지 못했던 사과를 건넬 방법이었다.

내게도 크리스마스 카드는 자연스럽게 다가갈 핑계였다. 그런데 모두 같은 문방구에서 카드를 사는 까닭에, 이름을 적지 않으면 누가 줬는지 금방 잊어버렸다. 그래서 직접 카드를 만들기 시작했다.

너는 왜 그렇게 생겨 먹었니

도화지를 반으로 자른 다음, 다시 반으로 접었다. 접힌 부분의 가운데 지점을 가위로 두 번 잘라 펼치면 사각기둥이 튀어나온다. 사각기둥에 원하는 그림을 따로 오려 붙이면 완성된다. 한 번 만들었는데 금방 재미를 붙였다. 모서리를 둥글게 오리기도 하고, 세모나게 오리기도 하면서 새로운 모양들을 만들어냈다.

크리스마스가 한참 지나버려서 더 이상 카드를 건네지 못했다. 그동안 서랍 한가득 종이 쪼가리가 찼다. 빈 카드도 쌓였다. 모두 언젠가 쓸 일이 있을 거라며 버리지 않았다. 이따금 서랍을 열면 종이 쪼가리와 빈 카드가 튀어나왔는데, 다가올 크리스마스를 떠올리며 꾹꾹 눌러 담았다.

종이가 가득 찬 그 서랍은 미련상자였다.

다시 오려서 사용하기에는 너무 작은 종이 쪼가리가 가득했다. 서랍이 가득 차서 정작 수업 준비물은 책상 위에 놓고 다녔다. 당장 보내지도 못할 카드를 만들면서 말을 건네는 데도 핑계가 필요하다고 믿었다. 동시에 내게는 보물상자였다. 카드를 만드는 데 재미를 느꼈고, 후일에 카드를 건넬 누군가를 떠올리며 뿌듯해하기도 했다. 서랍에 가득 찬 종이를 꾹 누르는 게 꼭 연필을 꾹 눌러 카드를 쓰는 것 같다고 느꼈다.

너는 왜 그렇게 생겨 먹었니

내가 가진 물건들에는 당시의 기분이 담겨 있다.

가령 전시를 본 날 주고받은 농담이 재미있었다든지, 수업시간에 친구가 건네준 낙서 덕분에 잠이 깼다든지 하는 일들. 어떤 때는 다른 사람의 기억과 전혀 다른 이야기를 만들어낸다. 전혀 다른 이야기 속에서 잠시나마 나의 기분을 느꼈다면 그것으로 족하다.

당장 보내지 못할 카드도, 두 번 다시 없을 찰나의 기분도 모두 상자에 담는다.

웃긴
사람

○ 표정

 굳이 나누자면, 나는 웃긴 사람이다.

 말을 잘하거나 흥미로운 사건이 많은 편은 아니다. 다만 사람을 대할 때 '잘 보여야겠다'는 생각보다 '웃겨야겠다'는 생각을 한다. 얄궂은 표정으로 다른 사람을 따라 한다든지 과하게 반응하는 편이다. 물론 배꼽을 잡을 만큼 웃기는 데엔 능력도 없을뿐더러 바라지도 않는다. 긴장이 풀릴 만큼이면 좋겠다. 이런 기질은 사모임과 직장, 소개팅 어디든 적용된다. 또 상대방이 어떤 사람이냐 하는 문제도 크게 가리지 않는다. 내게 무례하게 굴거나 두 번 다시 만나지 않을 사람들에게까지 감정 소비를 한다는 점은 흠일 수 있겠다. 같이 언짢을 상황에서도 굳이 혼자 분위기를 풀어보려는 노력은 불필요하니까.

너는 왜 그렇게 생겨 먹었니

사실 긴장을 푸는 건 상대방을 위한 게 아니다. 나는 사람을 대할 때 유독 긴장을 해서 자연스럽지 못하다. 그래서 상대방이 내게 호감을 갖고 있는지 확인받고 싶은 것이다. 웃음은 내가 이 사람을 어려워하지 않을 이유가 돼준다. 누군가는 나를 재미있는 사람이라 말하고, 또 누군가는 진지하지 않은 사람이라 말한다. 모르는 누군가는 '웃기고 있네'라고 말할지도 모르겠다.

사람을 대하는 데 자신감이 없었다.

2차 성징을 겪으면서 사람들 앞에 서는 게 부끄러웠다. 하루가 다르게 키가 자랐고 곧 가슴도 나왔다. 몸에 변화가 생기는 게 낯설었다. 다른 아이들보다 성장이 빠르다고 이해하기보다 다른 아이들과 다른 거라고 생각했다. 곧잘 어깨를 움츠렸다. 특히 남자아이들을 대하는 게 어색했다. 생김새와 취향이 전혀 다르다는 걸 알아버렸는데, 어떻게 이야기를 이어가야 하는지, 나아가 어떻게 친구가 되어야 할지 몰랐다. 이상한 일이었다. 몇 해 전만 해도 남녀 할 것 없이 골목골목을 뛰어다녔는데 전혀 다른 사람이 되다니.

차라리 나사가 느슨한 로봇 같았다는 말이 어울리겠다. 자연스럽게 말하는 게 어려운 일이란 걸 알았다. 새로 산 가방이 예쁘다거나 어제 어떤 텔레비전 프로그램을 봤다는 등의 시답잖은 일일수록 어려웠다. 자연스러워야 한다는 부담감이 커져서, 타이밍만 엿보다가 결국 꺼내지 못했다. 아이들을 대하는 게 어려웠던 것뿐인데 아이들은 내가 무섭다고 했다. 애꿎은 실내화 가방만 찼다.

고민은 엉뚱한 곳에서 해결됐다.

태권도장을 다니고 있었는데 대부분이 남자아이들이었다. 어떤 날은 운동이 끝날 때까지 말 한마디 꺼내지 못했다. 하지만 그날은 달랐다. 한 여자아이가 장난을 걸어왔는데 어떻게 반응해야 할지 몰라 그만 표정이 일그러졌다. 가장 먼저 든 생각은 내가 무서워 보일 수도 있겠다는 것이었고, 다음으로는 어떻게든 상황을 모면하고 싶었다. 부러 표정을 우악스럽게 지었다. 웃음소리가 났다. 맞은편의 여자아이, 그리고 이를 지켜보던 남자아이였다.

웃음소리에는 긴장감을 없애주는 이상한 힘이 있는 게 분명했다. 긴장이 풀려서 나도 같이 웃었다. 자연스러워 보였다. 이후로 나는 종종 우스꽝스러운 표정을 지었다. 비록 바보 같다는 말을 듣기는 했지만, 적어도 무섭다는 말보다는 좋았다.

나는 자연스러운 사람이 되려고 애쓴다.

물론 20년 가까이 수위 조절에 실패해 '바보' 또는 '웃긴 사람'이

너는 왜 그렇게 생겨 먹었니

돼버렸다. 하지만 얻은 것도 있다. 사람과의 관계에서 굳이 우위에 설 필요가 없다는 걸 안다. 대부분은 나를 유쾌한 사람으로 기억한다. 다시 만나고 싶은 사람이냐는 질문에는 꼭 좋은 답변이 있을 것 같지는 않다. 이미 내가 상대방 앞에서 긴장감을 풀었다면 그것만으로 충분하지 않았을까.

웃기고 있다는 말도 나쁘지 않지만,
시간이 지나면 자연스러운 사람으로 불릴 날도 오겠지.

"누구야
놀자"

○ 동네 친구

　우리는 같은 동네에 산다는 이유만으로 친구가 됐다.

　부모님들이 아는 사이였고, 서로의 형제자매가 같은 학교를 다녔다. 주말 아침이면 친구네 집으로 향했다. 문 앞에서 "누구야 놀자!" 하고 크게 외치면 내복 차림의 친구가 문을 열어줬다. 골목은 우리의 놀이터였다. 집집마다 "놀자"를 외치며 아이들을 불렀고, 골목을 빠져나올 즈음이면 둘에서 넷으로 늘어났다.

　우리는 쉽게 친구가 됐다. 땅따먹기를 하고 있으면 꼭 낯선 아이가 다가왔는데, 처음부터 같은 편이었던 것처럼 줄을 서서 자기 차례를 기다렸다. 우리는 놀이를 다 끝내고 나서야 나이를 물어봤다. 어쩌다 여기 왔는지는 중요하지 않았다. 어떻게 불러야 하는지가

　　　　　　　　너는 왜 그렇게 생겨 먹었니

중요할 뿐. 우리는 서로를 '야!', '언니!', '오빠!'라고 불렀다.

땅거미가 내려앉으면 각자 집으로 흩어졌다. 처음 보는 아이와 으레 주고받던 질문은 "좋아하는 만화가 뭐야?" 하는 것이었다. 당시 만화 프로그램이 몇 개 없었기 때문에 대부분 같은 만화를 좋아했다. 궁금한 것도 많았다. 좋아하지 않는다면 이유가 뭔지, 또 내가 모르는 재미있는 만화가 있는지. 다음 날에는 아이스크림을 나눠 먹었다. 중요한 건 같이 놀고 이야기할 대상이 있다는 것이었다. 우리는 취향을 나누며 친구가 됐다.

시간이 지나면서 내가 찾아갈 수 있는 집이 줄어들었다.

함께 골목을 뛰어다니던 친구가 이사할 때 배웅을 했다. 슬펐지만 눈물은 나지 않았다. 곧 새로운 친구를 만들 수 있을 테니까. 하지만 새로 이사 온 집에는 또래 아이가 살지 않았다. 하나둘 동네를 떠났다. 혼자 골목을 뛰어다니다가 땅거미가 지기도 전에 집으로 돌아왔다.

좋아하는 만화가 무엇인지보다 더 궁금한 것들이 생겼다.

초등학교 저학년 딱지를 떼면서부터 만화는 시시한 것이 돼버렸다. 그보다는 좋아하는 애가 누구인지에 대해 이야기하는 걸 좋아

너는 왜 그렇게 생겨 먹었니

했다. 또 의심이라는 걸 하면서 서로를 질투하거나 소외시켰다. 자연스러운 행동이었다. 우리는 좋고 싫음이 분명했고, 나와 더 잘 맞는 아이와 어울리기 시작했다.

덕분에 나와 잘 맞는 사람들을 주변에 둘 수 있었다. 그런데 그 외의 사람들을 만나면 어떤 표정을 지어야 할지 몰랐다. 어쩌다 동창과 마주쳐도 서로 못 본 척 지나간다. 특별히 불편한 일이 있거나 싸운 것도 아닌데, 어떤 이유로 서로에게 의심이라는 걸 했을는지 모를 일이다. 좋고 싫음이 분명해졌다는 건 상대방이 내게 어떤 영향을 미칠지에 대해 계속 생각한다는 말일 수 있겠다. 나에게 계속 좋은 사람인지 아닌지를 의심하는 것이다. 이제는 그런 의심마저 버겁게 느껴지지만.

나는 요즘 처음 보는 사람에게 날씨 이야기를 한다.
취향이 다르다면 굳이 이해하지 않아도 된다. 취향이 같다고 해도 꼭 친밀해지는 건 아니다. 사실 나의 취향조차도 불분명하다. 상대방이 무엇을 좋아하는지 또 어떤 사람인지를 받아들이기에는 내가 감당해야 할 수고로움이 크다. 주변을 보면 다른 사람들도 개인적인 질문을 피하는 경우가 많은데, 실례가 될 수 있기 때문이라고 한다. 다행인지 모르겠지만 이 말은 그럴싸한 핑계거리가 되어 준다.

나는 더 이상 질문하기를 어려워하는 사람일 수 있겠다. 어려워하고 싶은 건지, 정말 어려워하는 건지 헷갈릴 때는 동네 친구와 맥주 한 잔 마시고 싶다. 닫힌 문 앞에서 "놀자" 하고 부르고 싶다. 옛 동네는 집집마다 허물어졌고, 나는 더 이상 문이 열리기를 기다리지 못한다.

새로 이사한 동네에서 늘 보는 사람들이 있다.

우리는 서로의 얼굴을 알지만, 아는 체하지 않는다. 그리고 최소한의 배려로 눈을 마주치지 않는다.

쓰고
지우는
마음

○ **고백**

　나의 첫 고백은 중학교 때, 그리고 술김에 이뤄졌다.

　우리는 수업을 마치고 한 친구네 집으로 향했다. 늘 오가던 길이
었지만 그날은 달랐다. 친구네 부모님이 여행을 갔기 때문이다. "집
에 술 있어." 우리는 침을 꿀꺽 삼켰다. 뭔가 대단한 일이 일어날 거
라고 예상은 했지만, 그것도 술이라니, 그 한마디에 이미 술을 마신
것처럼 가슴이 뛰었다.

　소주 한 병을 머그컵 세 잔에 나눠 따랐다. 하지만 아무도 선뜻 잔
을 들지는 못했다. 어디서 그런 패기가 나왔는지, 나는 손을 뻗어 소
주를 벌컥벌컥 마셨다. 친구들의 눈이 일순 커졌다. 그리고 같이 컵
을 기울였다. 우리는 과자를 한 움큼씩 욱여넣었다.

우리는 두세 시간 햇볕을 쬔 것처럼 나른해졌다. 한 친구가 남자애 이야기를 꺼냈다. 우리는 곧 반에서 가장 괜찮은 애가 누구인지, 그 애가 사귀자고 하면 사귈 건지에 대해 가설을 세우며 상상의 나래를 펼쳤다. 진짜 사귀는 것도 아닌데, 나는 짝사랑하는 남자애에게 미안해져서 몸을 일으켰다. 친구들에게 먼저 고백했다. "좋아하는 남자애가 있다"고.

어느새 나는 그 애에게 문자 메시지를 보내고 있었다. 친구들은 누워서 박수를 치거나 소리를 지르며 나를 부추겼다. '있잖아, 나 너 좋아해.' 몇 줄 안 되는 메시지를 계속해서 쓰고 지웠다. 뮤직비디오를 보면 꼭 이런 순간은 슬로모션으로 지나간다. 마지막으로 그 애의 번호를 꾹 눌렀다. 한참 뒤에 온 메시지에는 이렇게 적혀 있었다. '미안해, 나는 아니야.'

술기운인지 얼굴이 달아올랐다. 친구들은 여전히 천장을 보고 누워 있었다. 술 깨는 데 고백만 한 게 없다는 걸 알게 됐다. 여러 가지 생각이 스쳤지만, 가장 무서웠던 건 행여 그 애가 친구들에게 문자 메시지를 보여주지 않을까 싶었던 것. 졸지에 '고백했다가 차인 불쌍한 애'로 불릴 일이었다. 그때 이 상황을 벗어날 방법이 스쳤다. 게임 벌칙이었다고 얼버무리기.

장난이니까 괜찮아야 했다. 혼자 우울해하거나 위로받는 건 상황에 어울리지 않는다. 몇 번인가 그 애를 마주쳤다가 도망쳤다. '장난 친 게 미안해서'라는 변명을 준비했는데, 끝내 변명의 시간도 주어지지 않았다. 반복과 세뇌의 힘일까. 사실은 장난이었다는 그 말이 진실이 돼버렸다. 3년 남짓한 짝사랑을 가벼운 해프닝으로 여기기 시작했다. "사실은 그렇게까지 좋아하지 않았다"고 말하기 시작했다.

가벼운 마음으로 대하기. '그렇게까지 좋아하지 않는' 사람들이 늘어났다. 나의 마음, 나아가 관계가 진지해지는 걸 잘 견디지 못했다. 기대감이 커질수록 오히려 상대방을 가볍게 대하고 만다. 나중에 내가 감당해야 할 말이 얼마나 번거로울지를 먼저 생각한다. 내가 좋아했던 사람들은 지나고 보면 '사실은 안 좋아한' 사람들이 돼버린다. 사실은 안 좋아해서, 이제 와 추억할 만한 사람도 많지 않다.

그래서인지 나는 첫사랑의 기준도 자주 바뀌버린다.

처음 고백한 사람인지, 처음 사귄 사람인지, 아니면 시간을 거슬러 올라가 내가 유치원 때 짝꿍을 하고 싶어 했던 사람이었는지. 최대한 내게 덜 상처를 준 사람을 첫사랑이라고 말해버린다. 문제는 상처의 기준이 시시때때로 바뀐다는 점. 사실 어떤 마음으로 첫사랑을 떠올려야 하는지 모르겠다. 서른이 되도록 첫사랑이 누구인지

명쾌한 답변을 내리지 못하고, 오히려 안 했을 수도 있겠다고 말하는 걸 보면, 한결같이 이기적인 사람일 수 있겠다.

내 마음에 책임을 질만 한 준비가 아직 덜 되어 있다. 그렇게 여기며 나는 오늘도 가볍게 무마시키는 기술들을 습득해 나간다.

"아, 나도 그 정도까지는 아니었어" 하고.

너는 왜 그렇게 생겨 먹었니

헐렁한
교복

○ **전화기**

친구가 나와 어울리지 않는다는 걸 느꼈다.

중학교에 입학한 지 얼마 안 됐을 때, 선배들이 내 친구를 보러 반으로 내려왔다. 선배들과 알고 지내던 다른 1학년 아이들도 내 친구에게 인사를 하기 시작했다. 갑작스러운 관심에 당황한 것도 잠깐, 내 친구는 그들을 '친구'라고 부르기 시작했다.

우리는 초등학교 때 만났다. 학교를 마치면 늘 친구네 집으로 향했다. 함께 라면을 끓여 먹은 후 날이 어두워질 때까지 주변을 걸었다. 동네가 버스 종점이라 인적이 드물었는데도 둘이 있으면 무섭지 않았다. 10년 뒤에는 어떤 어른이 되어 있을지에 대해 그림을 그렸는데, 그림 속 직업은 자주 바뀌어도 우리는 늘 함께였다.

우리는 교복을 입고 새로운 친구도 사귀었다.

환경은 바뀌었어도 하교 후의 일과는 비슷했다. 하나 달라진 점이
있다면 친구에게 새로운 관심사가 생겼다는 것이다. '새로운 친구
들'처럼 교복을 줄이고 파마를 하고 싶다고 했다. 나는 부모님과 학
생주임 선생님의 반응이 떠올랐지만, 차마 무섭다고 말할 수는 없었
다. 우리는 대부분의 일들을 함께해왔기 때문이다.

나는 교복 치맛단을 잘라내는 대신 허리를 돌돌 말았다. 세탁소
앞까지 갔지만, 당장 월요일에 교문을 통과할 자신이 없었다. 친구
는 달랐다. 내게 말한 것보다 치맛단을 더 많이 잘라냈다. 얼굴은
그대로인데 낯선 모습을 하고 있었다.

친구와 나란히 걷는데, 가게 유리창으로 우리 둘의 모습이 보였다.

헐렁한 교복을 입은 내 모습과 몸에 꼭 맞은 교복을 입은 친구 모
습은 사뭇 달랐다. 이후 친구에게는 하교 후에 새로운 일과가 생겼
다. 새로운 친구들과 보내는 시간이 길어진 것이다. 멀리서 내 친구
를 발견해도 입 밖으로 이름이 나오지 않았다. 나는 친구네 집 대신
우리 집으로 향하는 버스를 탔다. 하루가 길었다. 집에서 밥을 먹고
텔레비전을 봐도 시간이 잘 가지 않았다. 해가 저물 때까지 동네를
걸었는데, 주변이 참 캄캄했다.

너는 왜 그렇게 생겨 먹었니

혼자 걷는 길이 캄캄하다는 걸 느꼈다.

집으로 전화가 왔다. 선배들과 친하게 지내는, 그러니까 내 친구의 새로운 친구 중 한 명이었다. 평소 인사하고 지내는 사이는 아니었다. 피해 다니는 쪽에 가까웠다. 새로운 친구는 내게 돈을 빌려달라고 했다. 나도 모르게 "왜"라는 말보다 "없는데"라는 말이 먼저 나왔다. 빨리 전화를 끊고 싶었다. 나는 수중에 있는 돈을 가지고 밖으로 향했다. 그곳에는 내 친구도 있었다. 친구와 눈이 마주쳤는데, 친구는 바로 얼굴을 돌렸다.

나는 집으로 가는 내내 뒤돌아보지 않았다. 어쩐지 나를 쳐다보고 있는 것 같았다. 새로운 친구가 어떻게 우리 집에 전화를 걸었는지도 알 것 같았다. 어느덧 집 앞에 도착했다. 그날 밤, 그리고 다음날에도 나는 전화기를 쳐다봤다.

전화는 오지 않았고, 나도 친구에게 전화를 걸지 않았다.

너는 왜 그렇게 생겨 먹었니

좋아하는 일,
잘하는 일,
익숙한 일

○ 장래희망

내 최초의 장래희망은 문방구 사장님이다.

문방구에서는 백 원만 있어도 즐거웠다. 뽑기나 오락 게임을 할
수 있었다. 물건도 가득했다. 탱탱볼이나 곤충 채집통, 컴퍼스 같은
것들. 나는 특히 종합 문구 세트에 열광했는데, 3단짜리 회선판에
핑킹가위, 수정펜, 자 등이 꽂혀 있었다. 수업 시간에 문구류를 하나
씩 꺼내 쓰는 모습을 상상하면 뿌듯하기까지 했다. 당시 나에게 필
요하거나 필요할 것만 같았던 모든 것은 문방구에 있었기 때문에 내
일상의 중심이 되기에 충분했다.

몇백 원으로 즐길 수 있는 시간은 짧았다. 하지만 문방구 사장님
은 달랐다. 온갖 잡동사니에 둘러싸여 시간을 보낸다면 매일 매일

이 즐거울 것 같았다. 학기 초에 학급 친구들이 대통령이나 탤런트가 되고 싶다고 말할 때, 나는 문방구 사장님이 되고 싶다고 말했다. 내게 돌아온 반응은 "그런 거 말고"였다. 아, 그런 거 말고. 단순히 좋아한다는 이유만으로는 장래희망을 삼을 수 없다는 걸 배웠다.

나의 다음 장래희망은 우연한 기회로 만들어졌다.

초등학교 때 '효행일기'라는 걸 썼다. 우리 부모님이 얼마나 힘든지, 그리고 내가 어떻게 효도해야 할지에 대해 적는 것이었다. 하루는 선생님이 내 일기를 게시판에 전시했다. 그동안 수학경시대회마다 낮은 점수를 받았고, 만들기나 체육도 잘하는 편이 아니었기에 선생님에게 이렇다 할 칭찬을 받아본 적이 없었다. 그런데 선생님에게 받은 첫 칭찬이 하필 반 아이들 모두의 부러움을 샀다. 대단한 사람이 된 것 같았다. 이후 나는 장래희망란에 작가를 적었다.

나는 작가가 되기 위해 책을 읽거나 글을 쓰지는 않았다. 선생님이 게시판에 효행일기 대신 그림을 전시했다면 나는 화가가 되려고 했을 것이다. 그렇게 문예창작과가 있는 고등학교에 진학했다. 멋있어 보였다. 일찍이 진로를 선택했다는 건 자기 자신에게 확신이 있다는 의미였다.

너는 왜 그렇게 생겨 먹었니

나는 스스로에 대해 잘 안다고 생각했다.

일주일에 여덟 시간씩 실기 수업을 받았고 틈틈이 백일장에도 나
갔다. 내가 다니던 고등학교는 일반 고등학교와 달리, 백일장 수상
실적을 쌓아 수시 전형으로 대학에 가는 곳이었다. 그런데 어디를
가든 나보다 잘하는 아이들이 있었다. 그곳에서는 선생님에게 칭찬
을 듣거나 백일장에서 수상을 하는 게 어려웠다. 무엇보다 잘한다는
기준은 어느 대학을 가느냐에 초점이 맞춰져 있었다.

백일장 수상 실적으로 갈 수 있는 대학은 한정적이었다. 그리고 문예창작과에 지원하는 게 당연했다. 전혀 다른 대학과 전공에 대해 이야기하는 아이들은 없었다. 나도 마찬가지였다. 우리는 이미 진로를 '선택'한 사람들이었기 때문이다. 나보다 잘하는 아이들이 많다는 걸 알았고, 그래서 선뜻 잘한다고 말할 수 있는 게 사라졌는데, 이제 와 다른 일에 도전하기에는 두려움이 더 컸다.

어떤 기준에 맞춰 잘하기 위해 노력하는 순간, 그 일은 익숙한 일이 돼버린다. 나는 익숙하게 문예창작과가 있는 대학에 진학했다. 익숙한 일이기 때문에 헤매지는 않았다. 모두가 그런 건 아니었다. 간혹 전공과 전혀 다른 진로를 이야기하는 사람들을 만났다. 그 이유는 의외로 단순했다. 재미있어 보이거나 좋아하기 때문이었다.

나는 장래희망란에 적었던 것처럼 작가, 그러니까 등단을 하지는 못했지만 틈틈이 글을 쓴다. 낮에는 회사에서 기사를 쓰고, 밤에는 가끔 에세이를 쓴다. 내가 용감하다고 생각하는 사람들은 내게 "너도 좋아하는 일을 하잖아"라고 말한다. 이 말에 고개를 끄덕이지만, 한편으로는 고개를 젓는다. 지금의 내가 단순히 익숙한 방향들로 향해온 것은 아닌지 의심이 드는 까닭이다. 몇 번인가 문예창작이 아닌 다른 전공으로, 지금의 직업이 아닌 다른 직업으로의 전향을 고민했지만 결말은 익숙한 것이었다. 이런 고민과 결정들은 시간이 지날수록 더 익숙한 곳으로 향한다.

다른 선택지를 꺼내 든다는 것, 처음부터 시작한다는 것은 당황스럽고 무서운 일이다. 그리고 선택지를 꺼내 들기 위해서는 어느 정도의 단순함도 필요하다. '좋아 보여서', '즐거워 보여서'와 같은 사소한 이유가 전혀 다른 모습의 나를 만들지도 모를 일이다. 알고 보면 지금까지 걸어온 길이 모두 '좋아서' 한 선택이었다는 걸 깨닫게 되더라도, 전혀 다른 마음의 내가 되어 있을 테니 말이다.

다른 선택지를 펼쳐보는 용기의 단순함이 있다면, 적어도 스스로에 대한 의심은 떨칠 수 있을 것이다.

꿀벌
선생님

○ 시집

고등학교 때 선생님으로부터 우편물이 왔다.

졸업 후 찾아뵙지 못하고 있다가, 몇 년 뒤 동문회에서 만나 주소를 알려드린 게 생각이 났다. 봉투에는 시집이 들어 있었다.

선생님은 문예창작과 학과장이자 1학년 담임이었다. 첫인상은 무서운 어른이었다. 큰 키에 마른 몸, 숱이 적은 머리에 빵모자를 눌러쓴 모습이 마치 화가 같았다. 처음 교실에서 선생님은 낮은 목소리로 자신의 이름을 소개했다. 웃음기가 전혀 없었다. 선생님이 나간 뒤 우리는 무섭다면서 수근거렸지만, 다음 수업 때는 전혀 다른 사람으로 변해 있었다.

너는 왜 그렇게 생겨 먹었니

선생님은 자주 꿀벌 흉내를 냈다. 교재에 꿀벌 이야기가 나온 것도, 교실에 꿀벌이 날아든 것도 아니었다. 선생님은 양손을 비비면서 게슴츠레한 눈으로 교실을 훑었다. 그러고는 앞자리에 앉아 꾸벅꾸벅 조는 아이에게 다가가 손으로 콕 찔렀다. 벌침을 쏜 것이다. 낯선 장면에 반 아이들 모두 잠에서 깼다.

매번 수업 분위기가 달랐는데, 어떤 날은 종일 꿀벌 흉내를 냈고 또 어떤 날은 중저음으로 교재만 읽었다. 얼핏 선생님은 학교에 관심이 없는 것 같았다. 대체로 심드렁한 표정이었고, "알아서들 해"라고 말했다. 그러면서도 우리를 데리고 산정호수에 놀러갔다. 선생님을 3년간 봐오며 알게 된 것이라고는 무섭고 귀여운 사람이라는 점, 제목에 꿀벌이 들어간 시집을 낸 시인이라는 점, 그리고 자주 창밖을 바라본다는 점이었다.

고등학교 졸업 후 들려온 소식은 선생님이 학교를 그만뒀다는 것이었다. 우리는 선생님이 다시 시를 쓰기 위해 그런 것이라고 짐작했다. 우리가 느낀 선생님은 사실 선생님보다 시인에 더 가까웠다. 어쩌면 선생님이 자주 바라본 창밖 어느 풍경을 향해 걸어간 것일 수도 있다. 오랜만에 동문회에서 뵌 선생님의 얼굴은 주름이 늘었지만, 여전히 개구진 표정이 담겨 있었다.

선생님의 시집을 펼치는데 마음이 간지러웠다. 우리가 배워온 교과서 속 이야기보다 한 권의 시집이 더 묵직하게 느껴졌다. 선생님이 문학을 가르친 제자 대부분이 지금은 다른 일을 하고 있는데, 선생님만은 여전히 같은 길을 걸어가고 있었다. 졸업 후 몇 년 동안 선생님이 해주지 못한 말들이 그 속에 담겨 있는 것 같았다. 선생님이라는 건 3년 후든, 8년 후든 꿈꾸는 게 어렵지 않다는 걸 보여주는 사람이구나 싶었다.

너는 왜 그렇게 생겨 먹었니

언제 적
이야기

○ **동창**

채팅방에서 고등학교 동창이 임신했다는 소식을 들었다.

처음 반응은 '애가 애를 갖다니' 하는 것이었는데, 그도 그럴 것이 유독 어려 보이는 얼굴에 작은 체구를 가진 친구인지라 배가 부른 모습을 쉽게 상상하기 어려웠다. 다음으로는 임신을 했다는 게 일종의 성인식처럼 느껴졌다. 나이만 들었지 아직 어른스러움에 대한 정의도 갖지 못한 나로서는 당황스러울 뿐이었다. 별다른 표현이 떠오르지 않아 이모티콘을 보냈다.

이 채팅방에는 나를 포함한 고등학교 동창 넷이 있다. 우리가 처음부터 친하게 지낸 건 아니다. 3년 내내 같은 반이었던 까닭에 꽤 다양한 무리에서 지냈는데, 좋은 말로는 두루두루 친하게 지냈고,

솔직한 말로는 잘 싸우고 다니는 성격이었다. 우리가 졸업 즈음 친해진 이유는 아마 더 이상 옮겨 갈 무리가 없었기 때문일 수 있겠다. 덕분에 한 번 고등학교 때 이야기가 나오면 꼭 그곳에 가 있는 것처럼 그림이 그려진다.

내가 기억하는 동창들은 아직도 교복을 입고 있다.

정문 앞에서 치마 허릿단을 골반까지 내려 입었다가, 운동장을 가로지르며 다시 허리까지 끌어올렸다. 여기에 엉덩이까지 내려오는 커다란 니트를 받쳐 입는 게 멋이었다. 또 매일 고데기를 사용하는 탓에 머리카락이 빳빳했는데, 머리카락 씨름을 하거나 가위로 잘라내며 놀았다. 가장 인상적인 건 쉬는 시간 풍경이다. 남녀공학이라는 말이 무색하게 우리 반에는 남학생이 셋 있었다. 때문에 눈치를 살피는 건 남학생들의 몫이었다. 쉬는 시간이면 여기저기서 아이돌 노래가 울려 퍼졌다.

우리는 딱 한 번 쉬는 시간을 침묵으로 보낸 적이 있다.

고등학교 1학년 첫날에 무서운 선배의 존재를 알아버린 것이다. 선배들은 쉬는 시간이 되자마자 교실 앞문을 박차고 들어왔다. 우리는 고개를 숙였다. 선배들은 몇 가지 질문을 던지며, 여기에 해당하는 아이는 일어나라고 했다. 그 질문들은 흔히 생각하는 '잘 노는

너는 왜 그렇게 생겨 먹었니

아이'의 조건이었다. 선배들의 요는 '우리 과는 어디 가서 무시당하면 안 된다'는 것이었다. 그러면서 장식 있는 머리끈은 하지 말라든가, 반스타킹은 신지 말라는 등의 규칙을 만들었다.

고등학생이 되자마자 굴복할 수는 없었다. 우리는 한마음 한뜻이 되어 선배들이 정한 규칙을 어겼다. 일주일에 한 번은 자유의 날을 만들어, 화려한 머리끈을 하고 반스타킹을 신은 채 등교했다. 덕분에 우리는 여럿이 있을 때 강하다는 걸 알았다. 어디 가서 무시당하지 말라던 선배들의 조언을 받아들인 셈이다. 그리고 첫날 선배들의 질문에 일어났던 '잘 노는 아이'며, 끝까지 일어나지 않았던 '잘 못 노는 아이'의 경계도 희미해졌다.

우리는 어떤 날에는 한 사람 같았고, 또 어떤 날에는 전혀 다른 사람들이었다. 우리 반 아이가 부당한 일을 당하고 오면 앞장서서 다른 반 교실 문을 열어젖혔다. 반면 서로에게 쉽게 상처를 주거나 받기도 했다. 한정된 공간에서 긴 시간을 보내야 했으므로, 감정을 숨기는 데 익숙하지 않았다. 당장 눈앞의 일들을 봤기에 가능했던 일인 것 같다. 무언가를 대표한다고 나서거나 관계를 상처 내는 일이 지금은 훨씬 어려울 테니까.

지금 우리는 한 사람도, 전혀 다른 사람도 아니다.

같은 대학에 진학했던 아이들도 졸업 후에는 연락이 뜸해졌다는 이야기를 들었다. 40명이 지내던 반, 아니 교정에 비해 지금 살아가는 곳이 너무 넓다. 우리는 서로 명함을 가지고 다른 곳으로 출근한다. 간혹 엄마가 됐거나 먼저 하늘로 가버린 친구의 소식도 접한다. 그때에 비해 많은 것이 달라졌다. 상황이 바뀐 것이지, 나 자신은 얼마나 달라졌는지 모른다. 종종 그 시절의 이야기를 끄집어내는 이유는 거기 남아 있는 우리가 꽤 재미있었기 때문이다.

언제 적 이야기냐는 핀잔도 받아 가면서, 가끔 같은 추억에 젖어 있어도 좋겠다.

너는 왜 그렇게 생겨 먹었니

제3부

세상
혼자 사나

외향도
내향도
아닌 사람

○ **객관식**

"네가?"

내가 낯을 가린다고 말하면 사람들은 대개 이렇게 되묻는다. 처음 몇 번은 이런 반응이 신선했지만 시간이 지날수록 의심이 든다. 하나는 상대방에 대한 의심. 제법 가까운 사이라고 생각했는데 아직도 나에 대해 잘 모른다거나 알고 싶어 하지 않는다고 느낀다. 다른 하나는 나에 대한 의심. '그러게, 내가?'

우리는 성격을 외향과 내향으로 나누기 좋아한다. 자칭 내향과 외향인 사람들은 이런 이유를 들었다. 외향은 낯선 사람에게 말을 잘 걸고 야외 활동을 좋아한다. 내향은 낯익은 사람 앞에서 말이 유창하며 실내 활동을 좋아한다. 꼭 입을 맞춘 것처럼 성격이 반대된다.

너는 왜 그렇게 생겨 먹었니

숱한 심리테스트를 해오며, 늘 '네'와 '아니오' 사이에서 고민했다.

처음부터 '비 오는 날을 좋아하나요?'라는 질문을 받고 고민했던 기억이 선하다. 봄비는 좋아했지만 장맛비는 좋아하지 않았고, 그마저도 집에 가만히 있는 날에는 장맛비 소리 듣는 걸 좋아했다. 심리테스트 선택지에 예외는 없었다. 내 기분에만 예외가 있을 뿐. 비슷한 질문이 나올 때마다 다르게 답변하는 바람에 나는 쾌활한 타입이었다가 차분한 타입도 됐다.

이름은 하나인데 타입은 여러 개. 어쩔 수 없이 '아니오'라고 대답해야 할 상황이 닥친다. 계획 세우는 걸 좋아하냐는 질문부터 여럿이 여행 가는 걸 즐기냐는 질문까지. 내가 답한 이야기들이 나를 어떤 성격으로 몰아갈지 모르겠다. 기분에 따라 변하는 내 행동을 구구절절 말하는 건 과하다는 생각이 들고, 한편으로는 명확히 말하는 게 순간순간 느꼈던 나의 기분을 소홀하게 대하는 것 같다.

계획적이라던 친구 역시 기분이 좋으면 말리고 싶을 정도로 즉흥적이다. 내가 만나온 사람들에게는 스스로 말하는 성격과 살을 부대끼며 알 수 있는 성격이 있다. 한마디로 종잡을 수 없다. 내향을 가장한 외향이라든가, 외향도 내향도 아닌 다른 무언가라든가.

그날의 기분이 나의 성격이라는 생각.

이도저도 아닌 성격에 계속 의문을 품는 사람이 있다면 차라리 이렇게 말하기로 한다.

"사실, 사람을 조금 가려요."

'좋은 것
같아요'
라는 말

○ 같아요

지난 한 해 내가 가장 많이 한 말은 "좋은 것 같아요"다.

누군가 의견을 물어올 때, 특히 상사가 자신의 의견에 동조를 구해올 때 내가 하는 말이다. 이렇게 말하면서 나는 고개를 끄덕인다. 그런데 회의실을 나와서도 고갯짓이 멈추지 않는다. 연신 고개를 끄덕이는 흔들 인형 머리처럼 끄덕끄덕, 종일 삐그덕 삐그덕. 괜시리 손만 만지작댄다.

학창시절 국어 교과서에서 본 그림이 기억난다.

한 리포터가 야구 선수에게 '이번 시즌에서 우승한 소감이 어떠냐'고 질문하자, 야구 선수는 이렇게 답했다. '기쁜 것 같아요.'

너는 왜 그렇게 생겨 먹었니

'이 그림에서 잘못된 부분을 찾아 서술하시오.'

이 질문의 답은 이렇다. '~같다'는 추측하거나 짐작하는 말이므로, 자신의 기분을 표현하는 데는 적절하지 않다. 다시 말해, 나의 기분을 왜 내가 짐작하냐는 것이다. 당시 나는 야구 선수의 말에 밑줄을 긋고 이렇게 적었다. '이겨서 아주 기뻐요.'

그러나 나는 지금 '~것 같다'고 말한다.

저도 좋은 것 같아요. 괜찮은 것 같아요. 몸이 조금 안 좋은 것 같아요. 주로 상대방이 나보다 나이가 많거나 직급이 높을 때 또는 예의를 갖춰야 하는 상황에서 사용한다. 당장 난감한 상황을 넘기기 위해 사용할 때도 많다. 회의를 마치려고, 책임을 떠안지 않으려고, 눈치껏 병원에 가려고.

이렇게 말하다 보면 나중에는 뭐가 좋고 괜찮다는 건지, 진짜 몸이 조금만 안 좋은 건지 스스로도 확신이 서지 않는다. 어느 순간 정말 '그런 것 같은' 상태가 된다. 내가 나의 상태를 짐작할수록 아리송해지는 것이다.

내가 기쁘거나 슬플 때 그 감정을 그대로 말할 수 있을까. 아니, 그보다 내가 기쁘거나 슬프다는 걸 알아챌 수 있을까. "괜찮아요"라는 막연한 말처럼 "좋은 것 같아요"라는 말 뒤로 숨어버리고 있는 건 아닐지.

"이겨서 아주 기뻐요"라는 말이 정답인 걸 알지만 나는 "기쁜 것 같아요"라고 말한다.

상대방의 말에 연신 끄덕이다, 내 감정에 조금 더 솔직해지기 위해 끄적인다. 매년 돌아오는 신년 계획에 한 줄 추가한다.

'나를 함부로 짐작하지 않기.'

너는 왜 그렇게 생겨 먹었니

밥 한 번
먹은
사이

○ **친구**

나에게는 다섯 명의 친구가 있다.

고등학교 동창 세 명과 대학 졸업 즈음 말을 튼 동기 두 명이다. 모두 알게 된 지 10년이 넘었다. 함께 마신 반주만 해도 소주 100병은 족히 넘는다. 술에 취해 부끄러운 짓을 저지르면 두고두고 놀림거리로 삼는다. 실수에 관대하다고나 할까.

우리는 서로에 대해 잘 아는 것 같지만, 서로에 대해 속속들이 기억하고 있지는 않다. 나는 고등학교 동창 한 명이 어디로 워킹홀리데이를 다녀왔는지 헷갈리고, 대학 동기에게는 매년 생일이 지난 후에야 축하 메시지를 보낸다. 반대로 내가 열 번 가까이 이야기했던 것을 그들이 다시 물어본다든가, 이제 와 내가 어떤 일을 하는지도

너는 왜 그렇게 생겨 먹었니

물어본다. 이런 질문을 두고 우리는 한 번도 서운하다고 말한 적이 없다. 대답하기 귀찮다며 넘겨버리는 일은 많다.

사람들은 우리를 보고 이렇게 묻는다. "친한 거 맞지?"

예전에는 '친하다'는 말을 곧잘 했다.

처음 그 말을 사용한 날은 기억나지 않지만, 초등학교 때는 같은 반 친구들을 친하다고 말했다. 매년 40명의 친한 친구들이 생겼다가 바뀌었다. 그러다가 함께 등하교하는 친구, 같이 점심을 먹는 친구, 집에 자주 놀러 가는 친구들에게 친하다고 말하기 시작했다. 점점 많은 사람을 만났다. 대학에 들어가고 나서는 농담을 주고받을 수 있는 사람들에게 친하다는 표현을 쓰게 됐다. 나이 많은 동기부터 단골 가게 사장님까지. 친하다는 기준이 쉽게 달라졌기 때문인지 부쩍 그런 말을 많이 했다. "친한 편이지."

친한 사람이 많다는 건 '다른 사람에게 보여줄 게 많다'는 뜻이기도 했다. 한 사람에게 인사한 지 얼마 안 돼 다른 사람과 인사를 하고, 생일에 선물을 받고, 저녁에는 알음알음 학교 앞 술집에 모인다. 연락처 목록에 저장된 번호도 많다. 매년 번호는 쌓여가는데 계속 연락을 주고받는 사람은 줄어든다. 친한 사람들과 소홀해지는 일들을 겪으면서, 친하다는 말이 소모적인 표현이라는 걸 느꼈다. '나중에 밥 한번 먹자'는 식의 가벼운 인사쯤이 될까. 나는 기약 없는 약속을 하며 웃고 말았다.

돌아보면 정말로 밥 '한 번' 먹은 사람들과 지내고 있다.

시작은 가벼운 인사말이었다. 고등학교 입학식에서 만난 친구와는 첫 만남부터 갈빗집으로 향했다. 친구 엄마가 "괜찮으면" 하고 건넨 말에 덥석 "괜찮다"고 했다. 나는 친구 엄마에게 잘 보이려고 부러 친구 접시에 갈비를 올려줬는데, 나중에 들어보니 덜 익은 것이라고 했다. 낯가림이 심했던 친구는 덜 익은 갈비를 뜯어 먹었다. 미안한 마음에 떡볶이를 사준 게 지금까지 이어져, 떡볶이로 반주를 한다. 대학에서 만난 언니하고는 오가며 "밥 한번 먹자"는 말을 했다. 언니가 정말 "언제?"라고 되물어봐 적잖이 당황했던 기억이 난다. 시도한다는 의미의 '한번'이 정말 '한 번'이 됐고, 이제는 셀 수 없을 만큼 많은 식사를 함께한다.

우리는 매일 연락을 하지 않고, 가끔 생일을 잊어버리며, 피곤하다면서 약속을 취소한다. 친한 편인 사람들이 베풀어주는 친절하고는 거리가 멀지만 함께 있으면 재미있다. 밥 먹자고 모여서 노래방과 카페에 간다.

너는 왜 그렇게 생겨 먹었니

어디 가서 자랑할 만큼, 우리는 서로에 대해 속속들이 기억하고 있지 않다.

하지만 흰밥 위에 반찬 올려주는 걸 싫어하는 것쯤은 잘 알고 있다. 왜 그런 식성을 가졌는지까지도.

선택적
어른

○ 커피

　회사에서 처음 '막내'라는 이름을 가졌을 때, 나는 막내라서 해야할 일들이 있다고 생각했다. 사무실에 온 택배를 자리에 가져다 놓는 일과 배달 음식을 주문하는 일, 불특정 다수에게 던지는 말에 꼬박꼬박 대답하는 일과 '좋다'고 말하는 일. 일과는 쌓여 가는데 문득 주변을 돌아보면 평온한 표정의 사람들이 보인다. 누가 해도 그만인 일이기 때문일까. 새로운 일과가 생겼다. 퇴근 후 신발을 뒤집어 돌멩이를 털어버리는 일. 이유도 모른 채 종일 불편하게 걷다가 밤이 돼서야 꺼내본다.

　나는 서른이면서 막내다.

　적다면 적은 나이일 수 있지만 공교롭게도 첫 회사에서부터 지금

　　　　　　　　　　　　너는 왜 그렇게 생겨 먹었니

까지 모두 막내로 불렸다. 실제로 막내라서 해야 하는 일보다 막내가 해야 보기 좋은 일이 더 많았다. 누군가 사무실 비품을 찾으면 다가가 말을 걸고, 거래처를 찾아갈 때 콜택시를 불러두는 일이 그랬다. 싹싹하고 예의 바른 막내. 사람들이 기대하는 '크지 않은 역할'은 사실 작지 않다.

나이가 들면서 몇 가지 일들에 무심해졌지만, 아직도 "막내가 말해봐"라는 식의 질문에는 쉽게 대답하지 못한다. 나에게 선택권은 없는데 주어진 선택지가 너무 많다.

나는 답한다. "제가 할게요."

서른 살짜리 막내는 오히려 선택하는 사람일 수 있겠다. 누구는 막내의 역할이라 말하고, 누구는 어른의 배려라고 말한다. 가령 커피를 나눠주는 일. 사무실 이삿날이었다. 장맛비가 내리는 데다가 건물 주인과 마찰이 생겨 시간이 지연되고 있었다. 모두 지쳐 있었다. 나는 그날 두 번의 선택을 했다. 한 번은 상사와 사무실에 남아 이삿짐 싸는 걸 지켜봤고, 다른 한 번은 커피 심부름을 했다. 모두 열 잔이었다. 내가 돌아오자 상사는 "다 맞춰서 사왔다"며 커피 한 잔씩을 쥐어줬다.

이삿짐센터 직원, 건물 관리인, 그리고 사무실에 남아 있던 다른 상사까지. 손에 든 커피 캐리어가 가벼워질수록 이상하다는 생각이 들었다. 딱 한 잔이 모자랐다. 그때서야 상사가 줄곧 내 눈을 보지 않고 있다는 걸 깨달았다.

열 잔의 커피 중 내 것이 없다는 사실, 아니 줄곧 옆에 있었는데도 잊혔다는 사실이 당황스러웠다.

내가 한 선택이 사실 대단하지 않았기 때문일까.

상사는 마지막 커피를 집어 다른 상사에게 건넸다. 고생이 많다는 둥 당을 충전해야 한다는 둥 짧은 이야기가 오갔다. 여전히 옮겨야 할 짐은 남아 있었고, 이삿짐센터 직원들은 나를 비켜 지나갔다. 주변은 바쁘게 움직이는데 바로 자리를 내주지 못했다. 곧 빈 커피 캐리어를 접어 쓰레기 봉투에 버렸다.

어른이고 싶을 때는 막내니까 도맡아야 하고, 정작 막내이고 싶을 때는 어른이니까 물러선다. 겨우 커피 한 잔에 휩쓸리지 말자고 생각하면서도 내내 불편했다.

막내라서 하는 일들이 있다면 받는 일도 있다고 생각했다. 막내로

서 하면 좋을 일들은 점점 늘어난다. 막내니까 앞에 나서고, 막내니까 나눠주면 좋은 일. 돌아보면 어른으로서 하면 좋은 일들이기도 하다. 어느 쪽으로든 당연하지 않은데 말이다. 나는 회사에서의 선택으로 무언가 되려는 생각은 없다.

대단한 사람은 물론, 필요에 따라 막내와 어른으로 나뉘고 싶은 생각은 더욱 없다.

너는 왜 그렇게 생겨 먹었니

9년 사귄
남자친구와
헤어졌다

○ 차가운 손

"1년당 한 달씩이다."

누군가 말했다. 1년 연애했으면 잊는 데 한 달이 걸리고, 2년이면 두 달, 그리고 나는 9년이니까 최소 아홉 달은 걸릴 거라고. "과학적으로 신빙성이 있어요?" 도통 어디서 나온 계산법인가 싶어 질문했지만, 당연히 논리도 풀이 과정도 없었다. 감정이란 게 그렇다. 주변의 우려와 달리 나는 울지 않았다. 단지 몰랐던 사실 하나를 알았다. '주머니가 꽤 넓구나.'

남자친구와 사귈 때 자주 듣던 질문 중 하나는 "오래 사귀면 뭐가 좋아?" 하는 것이었다. "편해요", "가족 같아요" 하고 생각나는 대로 답하다가, 어느 순간 확고한 대답이 생겼다. "손을 잘 잡아요."

내가 손을 내밀면 남자친구는 손을 맞잡았다. 나를 주시하고 있지 않아도 늘 보고 있는 것처럼. 그리고 내 코트 주머니에 맞잡은 손을 넣었다. 그 과정이 너무 익숙해서 알아차리는 데 오랜 시간이 걸렸다. 사귄 지 8년쯤 되던 해에 남자친구에게 물었다. "왜 내가 손 내밀면 보지도 않고 잡아?" 남자친구는 자기도 몰랐다는 듯이 고개를 갸웃했다. 자주 하는 행동은 습관이 되고, 습관대로 하지 않으면 불편함을 느낀다. 단순해 보이는 사실일수록 이해하는 데 오랜 시간이 걸린다.

주머니에 손을 넣으면 내 손이 만져진다.

무심코 주머니에 손을 넣었을 때 남자친구와 헤어졌다는 걸 깨달았다. 하루에도 열 번은 넘게 주머니에 손을 넣는데 그날따라 주머니가 넓었다. 내 손으로 내 손을 잡았다. 주먹을 꼭 쥐었다. '슬프다', '눈물이 울컥 치밀어 오른다' 같은 감정과는 거리가 멀다. 조금 불편하고, 조금 익숙해져야 한다고 생각한다.

말보다 그 자리가 더 오래 남는다.

남자친구와 헤어지던 날, 그는 나에게 몇 마디 말을 건넸다. 이제와 생각해보면, 그 말이 '나의 말'인지 '남자친구의 말'인지 확실하지 않다. 내가 듣고 싶은 대로 해석한 말들일 수 있다. 반대로 그날 남

너는 왜 그렇게 생겨 먹었니

자친구에게 내가 어떤 말을 했는지도 그의 해석에 맡긴다. 시간이 지날수록 해석의 여지가 커지고, 우리는 저마다의 오해만큼 부풀어 오르다가 바람 빠진 풍선처럼 어디 박혀 있을지 모를 일이다. 멋대로 해석하지 않을 말들은 남자친구의 행동이다. 내가 몇 걸음 앞서 가다가 뒤돌아봤을 때 남자친구는 그 자리에 있었다. 그날 들었던 말들보다 그 한 번의 행동이 오래 기억에 남을 것 같다.

그 자리에 서 있던 남자친구의 모습과 조금 넓어진 주머니를 달고 하루하루 걸어간다.

주변의 우려와 달리 나는 울지 않는다. 단지 몰랐던 사실을 하나 곱씹는다.

'사람은 꽤 크구나.'

너는 왜 그렇게 생겨 먹었니

퇴근길에
'사고라도 났으면' 하고
바랐다

○ **플러스펜 자국**

　퇴근길 내 손엔 플러스펜이 묻어 있다.

　나는 편집디자인 회사에서 기획자로 일한다. 7년 전 첫 회사에 들어갔다. 그곳을 떠올리면 검붉은색이 먼저 생각난다. 마감 즈음이면 혼자 사무실에 남는 일이 많았다. 당시 회사 건물에는 붉은색 간판이 붙어 있었는데, 퇴근할 때 그 간판을 보면 어둠에 잠겨 검붉은색에 가까워 보였다. 아무리 늦은 시간에 퇴근해도 팀원들에게 그 사실을 알리지 않았다. '다 내가 부족해서 그런 거야' 하고 생각했다. 그건 스스로에게 베푸는 따뜻한 위로도 자기계발을 위한 자극도 되지 않았다. 자주 닦아도 손에는 플러스펜 자국이 남았다. 그 자국이 보기 싫어 손을 감췄다.

당연한 질문이 내게는 몇 날 며칠의 고민거리였다.

같은 팀에는 띠동갑인 차장님과 팀장님이 있었고, 나는 여느 신입 사원이 그렇듯 잘 몰랐다. 그들은 학교에서 만난 사람들과는 다른 '어른'이었다. 나는 어른이자 상사인 그들에게 어떻게 말을 걸어야 할지 알지 못했다. 교정보는 법을 몰라 포털사이트를 검색했다. 신빙성 없는 글들을 참고해가며 교정을 봤고, 그게 정답이 아닌 걸 알기에 불안함에 밤잠을 설쳤다.

모르는 일을 익히는 것보다 모르는 사람을 알아가는 것이 더 어려웠다. 몇 번 실수를 하다 보니 당연히 사람들의 눈치를 살피기 시작했다. 지레짐작으로 '저 사람은 나를 싫어해'라는 생각을 더 많이 했다. 그래서 점심 시간이 불편했다. 공감할 수 있는 주제가 거의 없었다. "주말에 뭐 하셨어요?"라는 가벼운 질문도 실례가 될 것 같아 속으로 앓다가 이내 고개를 숙였다.

팀원들과 어울리기 위해 내가 선택한 건 '막내로서 으레 해야 할 것만 같았던' 일들이다. 아침이면 자리마다 놓인 가습기를 청소하고, 부러 상사의 도시락통도 설거지했다. "제가 할게요"라는 말버릇도 그때 생겼다.

너는 왜 그렇게 생겨 먹었니

사무실에서 나는 점점 말수가 줄었다.

'나는 안 돼'라며 스스로 보이지 않는 벽을 쌓았다. 한 번은 새벽 네 시에 퇴근하는데 나도 모르게 눈물이 났다. 걷기 위해 무릎을 굽히는 일이 왠지 모르게 무릎을 꿇는 것처럼 느껴졌다. 한 발 한 발 무너지듯 걸었다. 택시 안에서 생각했다. '콱 사고라도 났으면.' 이대로 사고가 나면 출근을 안 해도 되겠지. 내 앞에 벌어진 상황들을 나름 정당하게 외면할 수 있겠지. 그리고 '푹 잘 수 있겠지' 싶었다.

그리고 아무 일도 일어나지 않았다.

여느 날처럼 일찍 출근길 지하철에 올랐다. 사람들은 꾸벅꾸벅 졸 거나 휴대전화를 봤다. 누군가 아침에 지하철에서 본 사람들의 얼굴을 그리라고 하면 어떤 특징도 짚어내지 못했을 거다. 그 안에 나도 있었다. 스스로를 '모자란 사람'이라고 규정지으면서 지하철에 실려 가는 나. 지워도 지워도 사라지지 않는 플러스펜 자국처럼 스스로가 내린 그 규정이 나를 더 힘들게 만들었다.

퇴근길에 하던 기대와 달리 나는 아무런 사고도 없이 그곳에서 1년을 보냈다. 그리고 나는 다른 편집디자인 회사에 입사했다.

너는 왜 그렇게 생겨 먹었니

지금의 나는 그때와 다르다.

여전히 손에는 플러스펜이 잘 묻는다. 달라진 게 있다면 "주말에 뭐하셨어요?"라는 말과 농담을 잘 건네며, 일할 때 "이건 그래서 그런 거예요"라는 근거를 댄다. 그렇다고 능숙해진 것은 아니다. 단지 가벼운 질문을 하거나 작은 고집을 부리는 것이 생각보다 대단한 일이 아니라는 것을 알게 됐다. 나이를 먹으면서 자연스럽게 체득한 것 중 하나다. 당연히 해도 되는 말, 그러니까 나를 위한 발언권을 갖는 중이다.

그러는 지금의 나도 가끔 '사고가 났으면' 하고 바란다.

일과 사람을 알아가는 일은 여전히 어렵다. 같은 기획안을 몇 번씩 수정하거나 새벽까지 일하고 다음날 일찍 출근해야 할 때면 '내일이 오지 않았으면' 하는 생각을 한다. 다 집어던지고 싶은데 그럴 만한 용기가 없을 때 스스로를 궁지로 몰아넣는다.

플러스펜 자국을 깨끗하게 지울 수 없다면, 잠시 잊어버릴 수 있는 요령이 필요하다.

나는 가끔 찾아드는 이 생각을 차라리 감기에 걸린 거라고 여긴다.

비빌
언덕

○ **상수역**

   나는 6호선 상수역을 좋아한다.

   노래를 듣고 있다가도 상수역이라는 안내방송이 들리면 고개를 든다. 이어폰을 빼고 지하철 출입문을 본다. 출근길의 상수역은 다른 곳에 비해 타고 내리는 사람들이 적다. 한적한 플랫폼을 마주하면 마치 빨래가 돌아가는 세탁기 앞에 서 있는 것처럼 머릿속의 잡다한 생각이 가라앉는다. 하루에 두 번, 나는 상수역에서 잡다한 생각을 내려놓는다.

   나에게 상수역은 비빌 언덕이다. 숨 쉴 구멍을 만들어준다. 아마 직장 생활을 하면서 처음으로 도망간 곳이기 때문인지도 모른다.

                        너는 왜 그렇게 생겨 먹었니

연이은 야근에 내색을 할 만한데 요령을 몰랐다.

출근길에 시간을 보니 10분 정도 늦을 것 같았다. 이런 상황에서는 모르는 척 사무실로 들어가야 하는지, 늦잠을 잤다고 곧이곧대로 말해야 하는지 알 수 없었다. 인터넷으로 검색해보고 친구들에게 물어도 봤다. 결론은 죄송하다고 말하라는 것이었다. 상사에게 보낼 메시지를 쓰고 지우기를 여러 번. 전날 잠을 설쳤는지 머리가 지끈거렸다. 지하철은 합정역을 지나 상수역을 향해 가고 있었다.

출입문이 열렸다. 플랫폼을 보는 순간 나는 '정말 이상하다'고 생각했다. 지하철에는 굳은 표정의 사람들이 가득한데 그에 비해 상수역은 너무 한적했다. 시간이 멈춘 것 같았다. 혼자 전전긍긍하는 게 덧없다고 느껴졌다. 플랫폼 의자는 모두 비어 있었다. 한 걸음만 디디면 갈 수 있었다.

상수역에 내리자마자 나는 죄송하다고 메시지를 보냈다.

대신 병원에 들렀다 온다고 덧붙였다. 플랫폼 의자에 앉아 지하철 몇 대를 더 지나쳐 보냈다. 문이 열리고 닫히는 걸 보고 있으니 이상하게 두통이 사라졌다. 나는 정말 아팠고, 생각보다 빨리 처방전을 받았다고 여기기로 했다. 몸을 일으켜 출구로 나섰다.

오전 아홉 시의 상수동은 조용했다. 가게들은 아직 문을 열지 않았다. 몇 사람이 나를 지나쳐 지하철역으로 향했다. 나는 반대 방향으로 걷고 있었다. 발걸음이 가벼웠다. 실내화 주머니를 흔들 듯 가방을 휘저으며 걸었다. 차도를 지나 골목으로 들어서자 나 혼자였다. 내가 몇 년 전에 가봤던 카페와 새로 생긴 밥집이 보였다. 가게를 연 날이면 창가에 늘 사람이 앉아 있는데, 그날은 내가 가게 안쪽을 들여다본다고 해서 불편해할 사람이 없었다. 문 닫은 가게들을 구석구석 살폈다. 걸음이 참 가벼워서, 몇 걸음 더 내디뎠다.

처음 가본 길이었다. 매번 익숙한 가게만 찾아갔기 때문에 구석구석 작은 가게가 있다는 사실을 몰랐다. 특이한 간판을 발견해 가게 안을 들여다보면 예쁜 소품이 보였다. 걷다 보니 주택가였다. 평범한 대문을 보는데도 웃음이 났다. 회사에 겨우 10분 늦는다고 전전긍긍했다는 사실과 단지 걷고 싶은 방향으로 걸었을 뿐인데 걸음이 가벼워졌다는 사실이 재미있었다. 참 달고 짜다고 생각했다.

머리 위로 물이 떨어졌다. 부슬비가 내리기 시작하더니 바닥을 짙은 색으로 물들였다. 나는 바닥이 다 물들 때까지 걷다가 다시 지하철로 향했다. 그날 나의 방황은 채 한 시간이 되지 않았다. 짧은 시간 동안 나는 새로운 가게와 골목길을 만났다. 비를 맞아 앞머리가

너는 왜 그렇게 생겨 먹었니

몇 가닥으로 갈렸다. 대신 머리를 묶어서 종일 어깨가 가벼웠다.

상수역을 지날 때마다 나는 고개를 쭉 내민다.

플랫폼 의자에 앉아 있는 사람을 발견하면 '저 사람도 숨 쉴 구멍이 필요하구나' 하고 생각한다. 나는 숨을 들이마시고 다음 역으로 향한다.

한 걸음만 내디디면 전혀 새로운 기분을 느낄 수 있다는 사실을 되새기면서.

너는 왜 그렇게 생겨 먹었니

회사에서
만난
친구

○ 상사

'직장에서는 친구를 사귈 수 없다.'

수십 번은 넘게 들어온 이 말 때문에 직장 동료와 말을 트는 데 오랜 시간이 걸렸다. 어느 선까지 이야기하면 좋을지, 나를 얼마나 내비쳐야 할지 조심스러웠다.

처음 직장 생활을 한 날부터 지금까지, 아직도 어려운 건 사람을 대하는 일이다. 그도 그럴 것이 직장은 일을 주는 사람과 일을 받아가는 사람, 그리고 일을 결재하는 사람으로 구성된다. 서로 이해하는 것부터 쉽지 않은데, 공감하는 건 더욱 어렵다. 나는 퇴근 후 직장 동료와 어울리는 사람들을 보며 의문을 가졌다. 질리지도 않는지. 또 정말 좋아서 마주보고 있는 건지.

얼마 못 가 직장 동료를 사귀었다.

정확히 말하면 직장 동료라기보다 상사다. 과장님하고는 팀이 달라서 같이 보내는 시간이 많지 않았다. 점심 도시락을 사러 편의점에 가는 정도. 과장님은 여행을 다녀오면 작은 선물을 주고는 했는데, 마음에 꼭 들어 책상 위에 올려뒀다. 취향이 다른 듯 닮은 사람, 차분한 사람, 그리고 상사. 세 번째 이유 때문에 어쩐지 다가가기 망설여지는 사람이었다.

과장님과 처음 술자리를 가진 건 3년 전 새벽 한 시였다. 둘이 한 팀이 돼 프로젝트를 마쳤는데, 내가 번번이 실수를 하는 바람에 마감이 늦어졌다. 나는 과장님 앞에만 서면 절로 허리가 굽었다. 눈앞의 막내 사원이 안타까워 보였는지, 과장님은 퇴근길에 맥주 한 잔 하자고 했다. 첫 술자리에서는 과장과 사원으로 마주 앉았다. 수고했다는 인사를 주고받으며 30분만에 자리를 파했다.

그로부터 2년 뒤 두 번째 술자리를 가졌다. 과장님과 또다시 한 팀이 됐는데, 이번에는 인원이 많았다. 회의 중간 중간 표정 관리가 어려워 시선을 돌리면 이상하게 과장님과 눈이 마주쳤다. 더 이상한 건 굳이 거울을 보지 않아도 내 표정이 어떤지 상상할 수 있었다. 아마 과장님과 같았을 것이다. 두 번째 술자리에서 우리는 과장과 사원보다 파티원에 가까웠다. 매일 광물을 캐서 바쳤는데, 보상은 커녕 퀘스트가 사라져버리는 날이 많았던 것이다. NPC 장단을 맞추기 어렵다는 이유로 한 잔, 내일이 토요일이라는 이유로 또 한 잔 마시다보니 새로운 사실을 깨달았다. 과장님과 나는 취향이 닮은 듯 다른 게 아니라 그냥 같은 처지라는 것.

두 번째 술자리를 시작하기 전까지만 해도 나는 정도를 넘지 말자고 몇 번씩 다짐했는데, 나도 모르게 신세 한탄을 하고 말았다. 맞은편 과장님 눈치를 살피며 안주를 집어 먹었다. 예상대로라면 "각자의 입장이 있으니까" 또는 "그렇게 생각할 수 있어"라는 대답이 돌아와야 했다. 그런데 웬걸. 술기운 덕분인지, 과장님은 나를 타이르는 대신 "나도"라고 말했다. 우리는 사이좋게 말실수를 이어갔다.

우리는 주로 술을 마시고, 드물게 차를 마셨다.

내 사정을 잘 아는 사람과 저녁 시간을 함께 보내면서부터, 왜 사람들이 직장 동료에게 친근함을 느끼는지 알 수 있었다. 우리는 각자의 위치에서 회사 사정을 알려주는 통신원 역할을 한다. 아침에 지각하면 회사 분위기가 어떤지, 결재 서류를 받기 전 상사의 분위기가 어떤지도 물어본다. 또 회사 사람만 이해할 수 있는 특정 인물에 대해 길게 이야기한다. 나의 감정을 이해받기 위해 부연 설명을 하지 않아도 서로의 마음을 잘 긁어준다. 조언도 얻을 수 있다. 나는 자주 '이 언니'의 연륜에 감탄한다.

우리는 퇴근 후에 따로 사무실을 나온다. 그리고 지하철 네 정거장 떨어진 술집에 앉는다. 일하는 공간에서 "나도"라고 말해주는 사람을 만난다는 건 꽤 괜찮은 일이다. 우리의 대화는 회사 얘기로 시작돼 어느덧 서로의 관심사로 번진다.

내 앞에 앉은 사람의 직함보다 이름, 회사 안에서의 일보다 밖에서 해오는 일에 귀 기울인다.

너는 왜 그렇게 생겨 먹었니

오래된 사람을
들어내면
드러나는

○ 새집

　가끔 예전에 살던 동네를 지나간다.

　재개발을 앞두고 주민 대부분이 이사를 했다. 사람들은 떠났지만 그들이 자주 갔던 가게는 몇몇 남아 있다. 그중 하나가 우동집이다. 삼천오백 원짜리 우동을 파는데, 주문하는 즉시 면발을 뽑고 고명으로 김가루와 튀김가루를 얹어준다. 해장을 하거나 허기를 달래려 자주 찾았다. 특히 남자친구가 좋아했다. 우리 동네 명물이라고.

　우리 동네에는 명물이라고 할 만한 게 없었다.

　좁은 시장 골목과 가게 그리고 한자리에서 오래 장사하는 사람들이 있었다. 동네를 한 바퀴만 돌아도 익숙한 얼굴을 만났다. 내가 초등학생 때 학교 앞에서 아이스크림을 팔던 아줌마는 몇 년 뒤 떡볶이 장사를 했고, 대학에 다닐 때에는 허리 구부정한 할머니가 돼 폐지를 주우러 다녔다. 우리는 인사 대신 그냥 지나쳤다. 아마 '아직 여기 사는구나' 하고 같은 생각을 했을 것 같다. 30년 가까이 같은 집에서 살았다. 어디에서 뭘 파는지, 그 집 자녀가 내 동문이라는 것도 알았다. 말 그대로 거기서 거기. 그래서인지 새로운 장소에 가도 호기심이 생기지 않았다. 다 거기서 거기라는 생각에.

그런데 남자친구와 우리 동네를 걸으면 꼭 새로운 곳을 발견했다.

남자친구는 "이런 데 포장마차가 있네"라고 말했다. 웬 포장마차가 있었다. 익숙한 나머지 도로변 나무를 대하듯 그냥 지나쳤던 곳이다. 우리는 그곳에서 곱창을 먹었고, 이후 2주일에 한 번씩은 들렀다. 초등학생 때 이후로 가지 않았던 우동집도 다시 찾았다. 남자친구는 자기가 분점을 내야겠다면서 한 그릇을 비웠다.

남자친구와 다니면서 나는 '우리 동네도 조금씩 변한다'는 걸 느꼈다. 같은 가게지만 어떤 날은 전구가 세 개밖에 안 들어왔고 또 어떤 날은 음식이 짰다. 작은 변화를 알아차리는 게 불편하지는 않았다.

실제로 동네는 조금씩 변하고 있었다.

재개발 때문에 이사하는 집이 부쩍 늘었다. 우리 집은 골목 어귀에 있었는데, 그곳으로 작은 쓰레기 더미며 큰 가구가 쌓였다. 우리 집도 이사를 했다. 태어나 처음으로 하는 이사였다. 남자친구는 내 게 기분이 어떠냐고 물었다. 별다른 생각이 없었다. 이사하는 데 품을 들이지도, 시간을 들여 내 짐을 꼼꼼히 싸지도 않았다. 남자친구 는 그래도 정든 동네를 떠나는 것이니 슬프지 않냐고 다시 물었다.

이삿날, 이삿짐센터 직원들이 신발을 신고 우리 집에 들어왔다. 큰 가구며 우리 식구가 미리 싸놓은 박스들을 트럭으로 날랐다. 잃 어버린 줄 알았던 팔찌가 발에 채여 바닥에 굴러다녔다. 직원들이 붙박이장을 들어내자, 붙박이장 모양으로 색 바랜 벽지가 드러났 다. 처음 마주한 적막이었다. 나는 빈 방에 잠시 머물렀다. 정든 곳 을 떠나면 얼마나 슬플지 궁금했다. 다시 한 번 팔찌를 보고, 곰팡 이가 핀 벽을 보다가 아랫입술을 깨물었다. 하지만 울지 못했다.

정든 곳을 떠나도 눈물이 나지 않았다는 내 말에 남자친구는 이렇 게 대꾸했다. "아직은 다시 갈 수 있으니까."

나는 새로 이사한 동네에 금방 적응했다. 남자친구와 옛 동네에 서 만난 가게들을 떠올리며 골목 구석구석을 다녔다. 새로 이사한 동네에는 편의점이 열 군데 이상 있고, 술집은 그 배가 넘는다. 어디든 들어가 시간을 보내기 좋았다. 예전 같았으면 도로변 나무처럼 지나쳤을 작은 가게를 들여다봤고, 흥미로운 가게를 발견하면 괜히 "사장님!" 하며 너스레를 떨기도 했다. 나도 조금은 변해 있었다. 새로운 환경에 적응하는 동안 또 한 가지가 변했다. 테이블 맞은편 의자에 가방을 올려놨다.

남자친구와 헤어졌다.

서로에게 너무 익숙해져 버렸고, 서로에게서 새로움을 찾으려고도 하지 않았다. 지금도 가끔 그런 생각을 한다. 오래된 가구를 들어내면 색 바랜 벽지가 드러나는 것처럼, 오래된 사람을 들어내면 색 바랜 무언가가 드러나는구나. 남자친구와 함께했던 자리가 휑하니 드러나는 것이다.

이젠 예전에 살던 집에 가지 못한다.

매일 다니던 골목에는 쓰레기 더미가 가득 찼고, 집 외벽에는 붉은색 스프레이로 '철거 예정'이라고 적혔다. 노란 스티커도 붙었는데, 불법 침입 시 처벌을 당한다는 내용이었다. 이사한 지 한 달쯤 지났을 때의 일이다. 이후로도 몇 번인가 찾아갔는데, 갈수록 쓰레기 더미가 가득 차 먼발치에서 지켜봐야 했다.

새집으로 돌아가는 길에는 남자친구와 함께 다니던 우동집이 남아 있다. 인적 드문 동네에서 드물게 간판을 켜고 있다. 우동집에서는 고명으로 튀김가루 대신 잘게 썬 파를 올려준다. 남자친구와 우동을 먹으면서, 튀김가루를 올려주는 게 맛의 비법이라고 말했던 기억이 났다. 더 이상 고소한 맛이 나지 않았다. 변화를 알아차리는 게 여전히 불편하지는 않다. 예전에도, 지금도, 동네는 조금씩 변하고 있다.

그리고 나도 변해야 한다.

너는 왜 그렇게 생겨 먹었니

습관적 아는 척

○ 그것

"아, 그거요?"

입안에 씹다 만 밥알이 있든, 머릿속으로 언제일지 모를 여행 계획을 세우고 있든, 나도 모르게 "아, 그거요?" 하는 말이 나온다. '그것'에 대해 듣는 동안 나는 눈을 크게 뜨고 가끔 손뼉도 친다. 그리고 휴대전화를 집어 '그것'에 대해 검색한다. 지난 검색어 목록에는 낯선 이름과 지명들, 다시 말해 '그것'들이 참 많다.

잘 몰라도 아는 척, 알아도 아는 척하는 건 습관이다.

내 대학 동기들은 적어도 네다섯 살은 더 나이가 많았다. 다른 학교나 직장에 다니다가 온 사람들이다. 처음에는 '나보다 많이 안다'는 생각에 알아도 모르는 척했다. 섣불리 말했다가 내가 모자란 사람이라는 걸 들킬 것 같았다. 말할 수도 없었다. 모자란 건 비단 지식이 아니라 유대감이라는 걸 깨달았다. 내가 모르는 이야기를 하며 유독 크게 웃었고, 나는 관심 없는 척 부러 다른 곳을 봤다.

한 번은 술자리에서 누군가 "그 영화 봤어?" 하고 물었다. 다른 사람에게 던진 질문이었다. 술잔만 만지작거리던 찰나 익숙한 이름이 들려서 반가웠다. 나는 그 영화와 감독이 왜 좋은지 이야기했다. 잠시 말을 멈췄을 때, 누군가는 나를 향해 몸을 돌리고 앉아 있었다. 반박하겠구나 싶었다. 그러나 예상 밖의 답변이 돌아왔다. "취향이 같네." 나는 얼떨떨해서 웃었다. 그리고 같이 웃었다.

같은 관심사를 가졌다는 이유만으로 사람들은 내게 호의적이었다. 사람을 대하는 게 한결 편안해졌다. 적어도 핑계를 대며 자리를 피할 이유는 사라졌으니 말이다. 그때부터였다. 아는 건 크게, 잘 모르는 건 에둘러 이야기했다. "아, 그거?", "그렇지" 하면서.

나는 아는 만큼 웃었고, 아는 척하는 만큼 왜 웃는지 몰랐다.
같이 웃을 수는 있었지만 친구를 사귀는 것은 여전히 어려웠다. 사람들한테 나는 어느 정도 필요한 사람, 어느 정도 말이 통하는 사람, 딱 그 정도였을지 모른다.

너는 왜 그렇게 생겨 먹었니

솔직히 모른다고 한마디 하는 게 어려운가 하면, 그렇다.

아는 척으로 진짜 알게 되는 것도, 누군가와 진짜 가까워지는 것도 아니다. 순간순간의 상황을 모면하려는 임기응변에 가깝다. 모른다고 말하면 모자란 사람이거나 무관심한 사람이 될까 봐, 그리고 누군가와 다른 사람이 될까 봐 '그것'이 쌓인다.

'듣는 편에 설 때가 많습니다.'

몇 년째 내 이력서는 이렇게 시작한다. 호기심이 많고 사람을 좋아하기 때문에 사람들의 이야기를 들으며 나의 세상을 넓혀간다는 내용이다. 한 사람이 한 권의 책보다 이롭다는 생각, 아니 사회 생활을 잘할 수 있다는 입바른 말이다. 그러나 이력서와 달리 나는 다른 사람의 이야기에 큰 관심이 없다. 나의 관심은 나. 다른 사람이 가져가는 나에 대한 인상이다.

나는 반응하는 사람이다.

좋은 이야기에는 과장되게 웃고, 그렇지 않은 이야기에는 부러 눈썹을 올리며 놀란다. 사실은 반응이 앞선다. 언제 웃고 언제 웃음을 거둬야 좋을지를 생각한다. 같이 웃으려고 한 일인데 돌아보면 어떤 이야기에 같이 웃었는지 기억나지 않는다.

누군가를 향해 던진 습관적 아는 척은 다음 질문으로 나에게 돌아오고, 나는 더 큰 몸짓과 목소리로 그 질문을 받아친다.

점점 커지는 내 몸짓과 목소리는 어디에 닿을까. 아니면 내 무게에 내가 눌려서 납작해지려나.

의문이 불어나고, 날이 밝으면 습관적으로 이렇게 던진다.

"아, 그거요?"

너는 왜 그렇게 생겨 먹었니

'착하다'와 '착하게 굴어라'

o 주먹

"보자보자 하니까 내가 보자기로 보여?"

이런 말은 재미없어서가 아니라 캐릭터상 하지 못한다. '착한 사람'이기 때문이다. 몇 초간 주먹을 쥐었다 마는 수밖에. 나는 어릴 적부터 착하다는 말을 들어왔다. 어떤 상황에도 잘 웃고, 도움을 주며, 내 몫을 나눠준다. 그래서 사람들은 내게 호의적이다. 내가 착한 일을 하면 "역시!" 하며 웃어 넘긴다.

나와 가까운 사람도 웃어 넘길 수 있을까.

남들에게 착한 사람이 되기 위해 정작 가까운 사람에게는 소홀했다. 중학교 때 부쩍 가까워진 친구가 있다. A와 나는 반은 달랐지만 관심사도, 개그 코드도 잘 맞았다. 내 말을 잘 이해해주는 만큼 함께 있으면 내가 특별한 사람이 된 것 같았다. 하루는 A가 방과 후 자기 집에 가자고 했다. 당시 나는 같은 반 B와 하교를 했다. 하교 시간이 가까워질수록 머릿속이 복잡했다. 'B에게 같이 못 간다고 얘기해야 할까?', '그럼 B는 혼자 집에 가야 하나?', '이번 일로 B가 나와 같이 놀지 않으면?' 더구나 A와 B의 집은 반대 방향이었다. 결국 나와 A와 B는 같이 교문을 나섰다. 보도블록이 좁아서 셋이 나란히 걸을 수도 없었다.

나는 B와 걸음을 맞추며 뒤따라오는 A를 살폈다. 그렇게 B를 집 앞까지 데려다줬다.

A와 왔던 길을 되짚어가며 나는 '친하니까 이해해주겠지' 하고 넘겨짚었다.

결과적으로 나는 B에게 미움을 받지 않았다. B가 점심을 따로 먹자고 하지도, 다른 친구들에게 내 험담을 늘어놓지도 않았다. 그러나 학년이 올라가면서 B와의 관계는 자연스럽게 멀어졌다. 당장의 어려움은 면했지만, A에게는 두고두고 이기적인 캐릭터로 남았다.

착하다고 쓰고 '이기적이다'라고 읽는다.

어떤 상황에도 잘 웃고, 도움을 주고, 내 몫을 나눠준다지만 사실

너는 왜 그렇게 생겨 먹었니

은 당장 내가 편해지려고 하는 일이다. 어떤 웃음은 어색한 분위기를 모면하려는 임기응변이고, 어떤 도움은 그 사람이 내 상사이기 때문이며, 내 몫을 나눠주는 건 입씨름하느라 시간 낭비를 하고 싶지 않아서다.

그리고 불편해진다.

내가 편해지려고 한 일들 때문에 사람들의 말을 곱씹으며 불쾌해하고, 뒤늦게 내 일을 시작하고, 좋아하는 걸 좋아하는 만큼 갖지 못한다. 어떤 상사는 "수고해"라는 말도 없이 돌아간다. 어떤 친구는 "먼저 가볼게" 하며 뒷정리를 맡긴다. 또 어떤 사람은 "저는 안 돼요"라며 마치 나는 되는 사람처럼 여긴다. 어느 순간 나의 친절은 사람들에게 '당연한 일', 스스로에게는 '자알 하는 짓'이 돼버렸다. "고맙다"는 말이 "그렇게 안 봤는데" 하는 말로 바뀌는 것도 시간문제다. 이때 배신감을 느껴야 하는 건 나의 몫일까 아니면 자신의 편의대로 나를 재단한 사람들의 몫일까. 내가 편해지기 위해 한 일들이 나를 불편하게 만들 때, 이제 와 나는 어떤 표정을 지어야 할까.

과연 나는 편해졌을까.

이따금 착하다는 말이 '착하게 굴어라'라는 말처럼 느껴진다.

너는 왜 그렇게 생겨 먹었니

한 끗
차이

○ **좋은 호구**

이럴 적부터 좋은 사람이 되어야 한다고 배웠다.

매일 아침 딩동댕 유치원에서는 상황극을 했는데, 친구에게 양보하거나 어른에게 예의 바르게 행동하는 모습이 나왔다. 그러고 나면 보상이 주어졌다. 사이좋게 나눠 먹는 빵의 달콤함이라든지 어른이 주는 보람찬 칭찬이었다. 하지만 비슷하게 행동하는 것만으로는 좋은 사람이 되기 어려웠다. 좋은 사람이라면 으레 받아야 할 보상이 돌아오지 않았기 때문이다.

좋은 사람이라고 해서 보상을 바라지 않는 건 아닐텐데. 무조건적인 호의는 없다. 상대방과 가까워지든 스스로의 평판을 좋게 만들든 작은 보상이 필요하다. 물론 그 보상이 가치가 있는지는 개개

인에 따라 달라진다. 내가 원하지 않는 건 보상이 될 수 없다. 더러 어떤 사람들은 내가 원하지 않는 것들을 던져놓고 보상이라 일컫는다. 한 번 듣고 잊힐 만한 칭찬이나 집에 다섯 개쯤 있는 헤어 에센스 오일이 그렇다.

나는 좋은 사람과 호구 사이에 서 있다. 사실 호구에 더 가깝다. 어릴 적부터 배운 대로 친절을 베풀지만 뒤돌아서면 마음이 무겁다. 누군가 툭 던진 말에 "그럼 이건 어때요?" 하고 대답하는 경우가 있는데, 대답하자마자 그 일은 내 몫이 되어 버린다. 가끔 나의 호구 기질을 확인 사살 해주는 사람도 나타난다. 일은 일대로 떠안고 또 바라지 않은 조언까지 듣게 되는 날에는 마음이 더 무겁다.

좋은 사람과 호구는 한 끗 차이라고 했다.
좋은 사람에 가까우려면 사람들에게 예의를 갖추고 친절을 베풀되 자신의 권리는 챙기라는 것이다. 시간을 보장받고, 마땅히 받아야 할 존중을 받고, 필요한 일만 하는 최소한의 권리. 내게 필요한 보상이 권리라면, 결국 그 보상은 내가 나에게 줘야 한다.

누군가와의 관계에 있어서만 하는 좋은 사람 말고, 스스로에게 좋은 사람이 되고 싶다.

너는 왜 그렇게 생겨 먹었니

요즘에는 이런 말이 칭찬으로 여겨진다.

"그래도 애가 생각보다 착해."

다른 사람의
안부가
궁금해지는 날

○ 책

중고서점 한편에 공책이 놓여 있었다.

책 구절을 필사할 수 있게 마련한 것이다. 앞사람이 한 단락을 필사하면 뒷사람이 다음 단락을 이어 적었다. 공책을 거꾸로 넘겼다. 한 글자 한 글자 꾹 눌러쓴 사람, 유독 마지막 문장을 크게 쓴 사람, 첫 문장부터 마지막 문장까지 삐뚤빼뚤한 사람. 한 사람의 목소리로 쓰인 책에서 여러 사람의 목소리가 들렸다. 이야기를 해주는 것 같았다. 나도 다음 단락을 이어 적고 책을 사서 나왔다.

내 입장만 생각하기도 벅찰 때가 많다.

50분에 오는 지하철을 놓치면 회사에 지각한다. 집에서 일찍 나서자고 다짐한 지 이틀 만에 늦잠을 잤다. 그날은 오전부터 회의가

너는 왜 그렇게 생겨 먹었니

잡혔다. 휴대전화로 이야깃거리를 검색했다. 검색하고, 뛰고, 다시 검색했다. 간신히 지하철역에 도착했다. 앞사람이 개찰구 앞에서 머리끈을 떨어트렸다. 불러 세우려다가 '머리끈쯤이야' 하고 말았다. 그 사람과 같은 지하철에 탔다. 그 사람은 한 손으로 머리카락을 쥐고 다른 한 손으로 주머니를 뒤적였다.

그런 날이 있다. 눈앞에 할 일이 산더미 같이 쌓여서 더 하고 싶지 않은 날. 산더미 앞에서 내가 한없이 작아지는 날. 그런 날에는 꼭 내 앞에서 무언가 흘리거나 도움을 청하는 사람이 나타난다. 나는 그날 엘리베이터에 타자마자 닫힘 버튼을 눌렀다. 맞은편 유리로 누군가 건물에 들어서는 게 보였다. 한 번 더 닫힘 버튼을 눌렀다.

눈앞의 일을 해치우면 또 다른 일이 온다.

회사 책상에는 칸막이가 없다. 동료들은 열린 공간으로 "이것 좀" 하고 말을 걸어온다. 책상에 서류가 쌓이고 나는 서류를 칸막이 삼아 작게 숨을 고른다. 회사를 나섰는데도 제대로 숨 쉬기가 어렵다. 눈앞의 사람도 일처럼 느껴지고 만다. 집에 가려면 지하철에서 40분을 버텨야 한다. 지하철 문이 열리면 사람들이 들어서고, 나는 원래 서 있던 곳에서 몇 걸음 물러선다. 덥고 답답한 그곳에서 사람들 어깨를 칸막이 삼아 작게 숨을 고른다. 모두 휴대전화를 보거나 눈을

너는 왜 그렇게 생겨 먹었니

감고 있다. 사람들로 가득한데 그 안에서 나는 문득 외롭다.

그럴 땐 궁금하다.

오늘이 무슨 요일이었더라. 누구는 머리카락이 길고 또 누구는 쌍꺼풀이 짙다. 생김새와 사는 곳이 다 다른데 왜 지하철 풍경은 어제와 비슷할까. 잘 모르는 사람의 안부가 궁금하다. 맞은편 사람은 오늘 어떤 하루를 보냈을지, 어떤 목소리를 가지고 있을지를 생각한다. 개찰구를 나서는데 아침에 머리끈을 잃어버렸던 사람이 생각났다.

내 일만으로도 벅차서 나만 생각한다. 잡담하는 대신 이어폰을 끼고 혼자 점심을 먹으러 나간다. 그런데 나아진 게 없다. 여전히 숨고를 만한 곳이 필요하고 사람들은 어디에서 숨을 고르는지 궁금하다. 책의 같은 구절을 다른 목소리로 옮겨 적는 것처럼, 각기 다른 모양의 칸막이를 가지고 있을지. 막연하게 모르는 사람의 목소리와 칸막이를 떠올리면서 바란다.

누군가도 내 안부를 물어봐줬으면 하고.

집에 돌아와 중고서점에서 산 책을 펼쳤다. 몇 장 읽다가 뒤집어 놨는데 커버가 벗겨졌다. 커버 안쪽에 '2011년 따뜻한 봄'이라고 적혀 있다. 평소 같았으면 바로 커버를 씌웠을 텐데, 한참 그 글을 봤다. 그리고 이어 적었다.

'2020년에도 따뜻한 봄.'

너는 왜 그렇게 생겨 먹었니

어린
꼰대

○ 꼰대

"꼰대처럼 들릴 수 있지만…."

맞은편 사람은 어떤 말을 해야 꼰대 같아 보이는지 안다. 자신은 꼰대가 아니지만, 그래도 이 말은 꼭 해야겠다고 한다. 흔히 자기 세대의 방식과 현재의 방식을 비교하면서 우위를 선점하려는 사람들을 꼰대라고 부른다. 고지식하다고도 말한다. 예전에는 부장님을 가리키는 말이었지만, 지금은 같은 나이대에서도 그런 사람들을 자주 발견한다. '어린 꼰대'라고 부른다.

내가 아는 한 어린 꼰대는 '나 신입 때는 이 정도까지 해봤어'라는 식의 말을 한다. 주변에 꼰대가 많아 힘들었다며, 매주 과제를 하고 사무실의 온갖 잡다한 일을 도맡았다는 것이다. 그러면서 내가 편안한 환경에서 일한다고 덧붙인다. 또래에게 들을 만한 말도 아니고, 딱히 조언을 듣고 싶은 것도 아니었다. 그 사람이 내게 하는 말이 자랑인지, 누가 더 힘든가 겨뤄보자는 건지, 아니면 나를 무시하는 행동인지 알 수 없었다. 무엇보다 그 사람은 내가 불편해한다는 사실을 모르는 것 같았다.

한동안 나와 친구들의 대화 주제는 어린 꼰대가 됐다.

나는 그 사람이 자신을 불편하게 만든 사람들을 비난하면서 같은 행동을 일삼는다고 말했다. 꼰대를 정하는 기준을 가지고 있지만 정작 자신은 예외였고, 경계하면서 오히려 닮아간다고. 밀레니얼 세대에게 가능한 일이냐는 말을 하다가 또 하나 불편한 사실을 알았다.

나는 쉽게 "당연한 거 아니야?"라고 말한다.

친구 회사에 신입사원이 들어왔다고 했다. 업무 분담을 할 때마다 친구는 후배의 행동에 의문을 가졌다. 신입사원은 "업무가 많다"는 의견을 내비쳤다. 그동안 친구는 일이 많으면 주말에라도 출근해 처리했는데, 자신과 전혀 다른 부류의 사람이 나타나자 당황한 것이다. 나는 대꾸했다. "당연한 거 아니야?" 회사에서 일을 하는 게 당연하고, 이렇게 반응하는 것도 당연했다. 친구가 "이렇게 생각하는 게 꼰대 같지만"이라고 말하기 전까지는.

너는 왜 그렇게 생겨 먹었니

친구와 주고받는 대화에서도 심심찮게 꼰대라는 단어가 등장한다.

나와 상관없는 이야기라고 생각하며 거리를 뒀는데, 생각보다 꼰대라고 불릴 만한 일들도 많았다. 후배가 지각하는 것에 신경을 쓴다든지, 나보다 어려 보이는 사람에게 먼저 나이를 물어본다든지 하는 일들. 어떤 의미에서는 예의 바른 것이고, 다른 의미에서는 불편한 일일 수 있었다.

신경 쓰는 게 많을수록 조심스러워지는 것도 많다. 차라리 속 편하게 말했으면 좋겠다는 나의 생각을 이제는 누군가 할 수도 있었다. 스스로 어린 꼰대라는 말을 인정하는 게 속 편하지 싶었다. 이렇게 생각해버리는 것이다.

'꼰대를 경계하는 나를 경계합니다.'

제4부

아직
덜 자라서

스물아홉 살
생일

○ 이십만 원

손에 잡히는 만큼 초를 꽂았다.

스물아홉 살 생일은 가족과 보냈다. 조카가 촛불을 끄자 다 같이 박수를 쳤다. "갖고 싶은 거 사." 생일선물로 이십만 원을 받았다. 언젠가부터 물건보다 현금이나 상품권을 선물로 주고받는다. 나이 먹는 만큼 자신에게 필요한 물건이 뭔지 스스로 고민 좀 해보라는 듯이. 고민도 자기 몫이라는 듯이.

이십 대의 마지막 생일이라고 해서 달라진 게 있다면, 하나 있다. 통장의 잔고가 이십만 원 늘었다. 이때쯤 나는 독립해서 고양이를 키우고, 업계에서 인정받는 프리랜서가 되고, 연애의 달인이 되어 있을 줄 알았다. 지금의 나는 가족과 살며 재활용 쓰레기를 언제 버

너는 왜 그렇게 생겨 먹었니

려야 하는지도 모르고, 막 신입 딱지를 뗐고, 이성과 단둘이 있는 걸 어색해한다. 무엇보다 어른이 되어 있을 줄 알았지만 그건 사십 대가 되도 어려울 것 같다.

친구와 전화하면서 "벌써 스무 살이라니, 징그러워"라고 말한 적이 있다. 아무런 준비 없이 덜컥 나이를 먹는 게 무서웠다. 당시 이 얘기를 엿듣던 언니는 두고두고 놀린다. "웃기지도 않아" 하면서. 나이를 먹으면 자연스레 어른이 되는 줄 알았다. 그리고 어른이 되려면 어떤 준비를 해야 하는지 모른 채 서른을 맞는다. 언니 말처럼 내 나이가 하나도 웃기지 않다.

어른이 되기 위해 정말 필요한 게 있다면 직접 찾아야 한다.

그래서 우왕좌왕하나보다. 학교에 다닐 때는 알림장을 썼다. 선생님은 수업 시간에 필요한 물건을 짚어줬고, 모두 문방구에서 살 수 있었다. 지금은 필요한 것도 구할 수 있는 곳도 나의 노력과 선택에 달렸다. 잘하면 내 덕이고 못하면 내 탓. 선생님을 자처하는 사람도 너무 많다. 어떤 책, 어떤 영화, 어떤 교수들은 나이 듦의 기준과 교훈을 내세운다. 어떤 기준에 대해 주구장창 이야기하다 마지막에 이르러 '너의 삶을 살아'라는 말만 안 해도 좋겠다.

적어도 숫자와 어른스러움은 별개다.

그러면 좋겠다. 통장 잔고와 연봉, 주변 사람들의 평판을 따르는 대신 나의 기준을 세우고 싶다. 우선은 익숙한 것에서 멀어지려고 한다.

그중 하나는 기념일을 아등바등 챙기는 일이다.

기념일을 위해 돈과 시간을 들이지 않는다. 예전에는 미리 생일 계획을 세웠다. 친구나 연인과 약속을 잡았고, 평소 마시는 술의 두 배는 넘게 마셨다. 근교 여행도 다녀왔다. 평소와 다르게 보내야 특별한 것이라고, 특별하게 보내는 만큼 나도 특별한 사람인 거라고 생각했다. 사실은 "그날 뭐했어?"라는 질문에 우물쭈물 답하기 싫었다.

선물과 축하 메시지가 쌓이는 만큼 나도 바빴다. 받은 만큼 돌려줘야 했다. 친하지 않은 사람을 위해 선물을 고르는 것도 모자라 그 사람이 선물 포장을 뜯을 때까지 전전긍긍한 적도 있다. 그렇게 해서 남은 건 마음에 들지 않는 내 선물과 그 사람들의 빈자리다.

어쨌든 덜어내고 있다.

축하 메시지를 보내기 위해 고심하는 일을 덜어낸다. 사실은 메시지를 썼다 지웠다 하는 내 자신이 가여워 쉽게 해주고 있다. 굳이 다

너는 왜 그렇게 생겨 먹었니

른 사람의 마음을 헤아리는 것도 덜어낸다. 정작 내가 곤란한 상황에 처했을 때 말 걸어주는 사람이 적다는 걸 알았다. 통장 잔고도 덜어낸다. 먹고 싶은 걸 먹고 가고 싶은 곳에도 간다.

반강제적으로 밀려난 것도 있지만, 모쪼록 밀려난 곳에서 나는 나이 들어가고 있다. 스물아홉이나 서른이나 크게 달라질 건 없어 보인다. 서른아홉이나 마흔도 마찬가지다.

계속 덜어내서 꼭 어른이 되고 싶은 건 아니다. 누군가에게 어른스럽다고 칭찬받고 싶지도 않다. 단지 스스로를 돌아봤을 때 남들과 비교하면서 우울해지지나 않으면 좋겠다.

예를 들면 이런 얘기를 아무렇지 않게 할 수 있는 사람이면 좋겠다. "그래서 어쩌라고."

너는 왜 그렇게 생겨 먹었니

24시간
가게가 주는
위로

○ 해장국

언제든 갈 수 있는 장소가 있다는 건 고마운 일이다.

회사 근처에는 24시간 열려 있는 가게가 있다. 새벽에도 두어 테이블씩 손님이 차 있다. 흰색 와이셔츠를 입은 사람과 젊은 커플, 작업복 차림의 사람들까지. 생김새만큼이나 다양한 이야기를 지녔을 사람들이 와서 한 그릇씩 비우고 간다.

24시간 가게는 평소에 잘 보이지 않는다. 주변의 다른 가게들이 간판 불을 끄고 나서야 보인다. 이 거리에서 가장 오래된 가게 같다. 사람들이 북적이는 것도 아니고, 시끄러운 음악이 흘러나오는 것도 아닌데, 계속 자리한다는 사실만으로 눈에 들어온다.

너는 왜 그렇게 생겨 먹었니

나는 어깨가 굽은 날 24시간 가게를 발견한다.

퇴근 후 엘리베이터 안의 거울을 보면 표정이 굳어 있다. 하나마나한 고민으로 두어 시간을 보냈고, 선심 쓰듯 받은 친절에 한참이 지나서야 기분 나빠했다. '잘 굽혔다'고 여긴다. 굽어 있던 어깨를 편다. 종일 같은 자세로 일하고 밥을 먹었다. 회사 건물을 나서면 어느새 밤이다. 저녁을 먹기에도 늦은 시간이고, 딱히 배가 고프지도 않다. 그러나 따뜻한 음식이 먹고 싶다.

왜 24시간 가게들은 백열등을 켜놓을까. 백열등 불빛이 가득 찬 곳에 들어가면 무겁게 느껴지던 눈꺼풀이 가벼워진다. 반질반질한 나무 테이블에 등받이가 긴 의자가 놓여 있다. 나는 의자에 허리를 대고 앉아 해장국을 주문한다.

뚝배기에는 보글보글 김이 끓는다. 꾹 눌러 담은 밥에다 시래기를 얹어 먹는다. 살코기를 발라 겨자 소스에도 찍어 먹는다. 식당 아주머니는 텔레비전을 본다. 맞은편에 아무도 없다는 사실, 그리고 가게 안의 누구도 이쪽 테이블에 눈을 주지 않는다는 게 좋다. 밥을 꼭꼭 씹어 먹는다. 하루 중 가장 느린 식사를 한다.

따뜻하고 느린 식사를 하고 나면 속이 든든하다.

계획적으로
쉬는
날

○ **컵라면**

"쉬고 싶다"는 말을 버릇처럼 뱉는다.

점심을 먹으면서도, 집에 돌아와 누워서도 줄곧 쉬고 싶다고 말했
다. 그냥 잠들기가 아쉬워 새벽 한 시까지 휴대전화를 만지다가 잠
들었다. 다음날에도 아침부터 잠들기 전까지, 나는 같은 말을 반복
하고 있었다. 직장 생활을 하면서 나만을 위한 시간이 줄어들었다.
하루 중 대부분의 시간을 직장에서 보내고 나면 다시 내일을 준비해
야 할 시간이다.

누군가는 퇴근 후 취미 생활을 가져보라고 말한다. 운동을 배우거
나 도예 공방을 다녀보는 건 어떻겠냐고. 처음에는 퇴근 시간이 불
규칙하다고 답했지만, 막상 시작하면 한두 번 수업에 빠지는 한이

너는 왜 그렇게 생겨 먹었니

있더라도 다니게 될 거라는 걸 안다. 돈의 문제인가 싶었지만 역시 술 몇 번 마실 돈으로 대신할 수 있었다. 무언가 하고 싶지 않았던 거다. 쉬고 싶었을 뿐이라고.

줄곧 쉬고 싶다고 말하지만, 막상 어떻게 쉬고 싶은지 생각한 적은 거의 없다.

제일 먼저 떠올린 건 아무것도 하지 않는 것이었다. 집에 누워 있자니 조카가 이불을 젖힐 것 같았다. 쉰다는 건 보상의 개념이니까 기왕이면 좋은 숙소에서 지내보기로 했다. 환경을 바꾸는 것만큼 새롭게 느껴지는 것도 없으니까. 세 가지 조건이 있었다. 대중교통으로 두 시간 이내에 자리할 것. 시간을 무의미하게 보내지 않도록 텔레비전이 없는 곳이어야 할 것. 마지막으로 예뻐야 했다.

숙소를 찾는 데만 며칠이 걸렸다. 마음에 드는 곳이 있으면 꼭 예약이 차 있거나 예산을 초과했다. 결국 게스트하우스를 예약했다. 예약일이 가까워질수록 나는 가방에 무엇을 담아야 할지 고민했다. 몇 년 전 사둔 소설책과 최근에 산 에세이집을 번갈아 보다가 두 권을 모두 담았다. 잠옷, 세안도구, 화장품 파우치…. 몇 개 담지 않은 것 같은데 가방이 묵직했다.

숙소는 생각보다 조용한 곳이었다.

예약할 때는 분명히 만실인 걸 확인했는데 아무 기척도 들리지 않았다. 가방을 내려놓고 생각했다.

'이제 뭘 하지.'

옷을 갈아입고 침대에 누웠다. 준비해온 물건들을 꺼낼 차례였다.

첫 번째 일과는 누워서 소설책 읽기였다. 매번 앞 장만 읽다가 덮어뒀던 터라 책갈피를 꽂은 듯 특정 페이지가 벌어져 있었다. 책을 읽다가 얼핏 기억이 났다. 내가 왜 이 책을 다 읽지 못했는지. 다음에는 에세이집을 펼쳤다. 팔이 아프다는 이유로 그만뒀다. 가만히 누워 천장을 보고 있으니, 이런 식의 적막이 참 오랜만이라는 생각이 들었다. 생각보다 적막이 무겁다는 것도.

음악 애플리케이션에서 클래식 카테고리를 찾았다. 평소 찾아 듣는 편은 아니었다. 잘 모르는 가수들 이름을 훑어보다가 '전체 재생'을 눌렀다. 각종 현악기에 적막이 누그러드는 것 같았다. 왜 이렇게 방이 넓어 보일까. 다시 휴대전화를 집어 들었다. 지난 주 안 본 예능 프로그램이 떠올랐다.

너는 왜 그렇게 생겨 먹었니

시간을 그냥 보내는 게 아쉬워, 무료 영화 한 편을 더 봤다. 남자 주인공 셋이 제주도에 가는 내용이었다. 게스트하우스에서 만난 군인 때문에 싸움에 휘말리는 장면이었던 것 같은데, 그 이상은 기억이 나지 않았다. 다시 눈을 떠보니 방 안은 여전히 밝았고, 배가 고팠다. 시간은 어느덧 새벽 두 시였다.

'잘 쉰 건가?'

가져온 책을 읽지 않았고, 늘 하던 대로 예능 프로그램을 봤다. 그리고 영화를 보다가 잠이 들었다. 가방에는 채 펼치지 않은 일기장이 들어있는데, 잘 쉰 건가? 평소보다 일찍 잠들고 너무 일찍 일어났다. 편의점으로 향했다. 컵라면을 먹으면서 쉬는 게 생각보다 어려운 일이라고 생각했다. 그런데 컵라면은 참 맛있었다.

숙소로 돌아와 가방을 정리했다.

쉬려고 아등바등 가져온 물건들을 방 한구석으로 밀어 넣고 다시 이불을 덮었다.

너는 왜 그렇게 생겨 먹었니

우연히
걷기

○ 길치

　자기 전에 보석상자를 누른다.

　걷는 만큼 돈이 쌓이는 애플리케이션인데, 두세 달에 한 번씩 그 돈으로 커피를 사 마신다. 나는 많이 걷는 편이다. 쉬지 않고 걸으면 어느 순간 다리에 힘이 풀린다. 힘들면 택시를 탈만도 한데 오히려 "걸을만하다"고 말해버린다. 조금만 걸어도 발에 물집이 잡히는 내 친구는 내가 '변태라서 그렇다'고 한다.

　걷는 걸 딱히 좋아하지도 싫어하지도 않았다.

　내가 태어나 자란 동네는 작았다. 조금만 걸어도 학교, 사촌 집, 슈퍼마켓에 갈 수 있었다. 동네 한 바퀴를 돌아도 새로울 게 없었기에 한 골목을 아지트 삼아 놀았다. 손바닥 안이었다. 때문에 걷는다는 건 무언가를 찾기보다 어딘가로 이동하기 위한 행위였다. 아는 길로 다니는 일은 습관이 되어, 새로운 동네에 발을 디디면 익숙한 길을 만들기 위해 시행착오도 겪었다. 강북의 한 작은 동네에서 경기도 안양으로 통학하던 시절, 나는 첫날부터 버스 창가에 앉아 안양역에서 학교 가는 길을 살폈다.

버스 안에서 외운 길을 되짚어 걷는 것도, 익숙한 동네를 또 하나 알아가는 것도 재미있었다. 처음에는 오기였다. 걷다 보면 낯선 길을 마주했는데, 그때마다 헷갈리는 길은 감으로, 모르는 길도 감으로 가보기로 했다. 친구들은 앞장서서 걷는 나를 보며 내가 걷는 걸 좋아한다거나 길을 잘 찾는다고 이야기했다. 나는 부러 목소리를 높였다. "일단 가보자." 우리는 같은 길을 몇 번이나 맴돌았고, 결국 친구가 주변 상인에게 길을 물어보고 나서야 해결할 수 있었다.

혼자 걷는 일이 많아지면서 스스로 '일단 가보자' 하고 말한다.

일단 가보면 길은 이어지게 되어 있다. 단지 오래 걸릴 뿐. 지도 애플리케이션을 꺼내들지만 정작 방향을 잡지 못해 더 오래 걸린다. 그런 때 꺼내드는 것이 오기와 소심함이다. 길을 잘 외워두었다가 다음번에는 여유롭게 걸어보겠다는 생각 반, 그리고 길을 물어볼 바에야 조금 더 걷겠다는 생각 반이다. 특히 해외가 아니고서야 길

너는 왜 그렇게 생겨 먹었니

을 잘 물어보지 않는데, 인상 좋은 사람을 찾아 "실례지만" 하고 말을 붙이는 과정이 부담스럽다. 결정적으로 설명을 들어도 이해하지 못해 두어 번 더 물어본 경우가 태반이다.

친구들은 나를 길치라고 부른다.

스스로는 오기와 소심함을 지닌 길치라고 말한다. 길치라서 꺼내든 오기와 소심함이 빛을 발할 때가 많다. 실제로 같은 동네를 두 번인가 헤매서 우리 동네처럼 여기기도 하고, 길을 물어보는 대신 조금 더 걸은 덕분에 음원 차트에서 좋은 노래를 발견한다. 그리고 시간이 길게 흐른다. 주변에 사람들이 지나가고, 가게 간판에 불이 켜지고, 노을이 지는 걸 가까이에서 볼 수 있다. 다리가 풀릴 때까지 걷다가 집으로 돌아오는 게 '잘했다'고 느껴지는 것이다. 변태 기질이 다분하다던 친구 말이 맞을 수도 있겠다.

너는 왜 그렇게 생겨 먹었니

적나라한
물건

○ 쓰레기

친구가 놀러간 사이 그 집에서 하루 묵기로 했다. 문 앞에 고양이 두 마리가 나와 있었다. 대외적으로는 고양이 집사였고, 나에게는 하루 동안의 휴가였다. 고양이 화장실을 청소하고 나니 별다른 할 일이 없었다. 고양이를 만지며 맥주를 한 캔 마셨다. 한 캔, 두 캔 마시다 보니 다음날이 됐다.

맥주 캔, 컵라면 용기, 과자 봉지, 영수증, 비닐봉지, 나무젓가락, 피트니스 클럽 전단지, 커피 드립 페이퍼와 커피 찌꺼기, 고양이 간식 비닐, 그리고 휴지 뭉치.

전날 오후에 와서 다음날 오전까지 내가 남겨놓은 것이었다. 만

하루도 안 됐는데 쓰레기통이 가득 찼다. 내가 하루를 보내는 데 필요한, 그러니까 나의 하루치 쓰레기를 눈으로 가늠했다.

새롭게 알게 된 사실 중 하나는 내가 손이 많이 가는 사람이라는 것이다. 가만히 있어도 코 풀 휴지가 필요하고, 구석의 먼지를 닦아낼 물티슈가 필요하고, 밥 먹기는 귀찮으니 과자도 필요하다. 사소한 행동 하나하나가 그려지는데, 다른 하나는 내가 바쁜 사람이라는 것이다. 친구 집에서 만들어놓은 쓰레기를 보는데 '한 건 없지만 은근히 한 게 많은' 하루였다. 친구 집으로 걸어오며 받은 전단지부터 편의점 직원을 만난 일, 어떤 맥주를 마실까 고민하던 일, 친구 집에 도착해 바닥을 청소하고, 혼자 끼니를 떼운 일까지. 오늘 하루 뭘 했는지 모르겠다는 사람에게 쓰레기통을 보여주는 것만큼 효과적인 일도 없어 보인다.

쓰레기통이라는 물건에 흥미를 느끼다가, '역시 이만큼 적나라한 일도 없겠다' 싶어 비닐봉지를 꺼내들었다. 그렇게 나의 흔적을 가방과 비닐봉지에 담아 집으로 향했다.

너는 왜 그렇게 생겨 먹었니

나에게
관심 없는
사람

○ 전단지

　지하철역을 나설 때면 전단지를 받는다. 'PT 30회 등록 시 피트니스 시설 이용 무료.' 매번 생각했다. 지하철역 출구로 나서는 많은 사람들 중 왜 하필 나한테 준 건지. 내게 피트니스 센터가 필요해 보이거나, 전단지를 잘 받아줄 것 같이 생겼다는 데 생각이 미쳤다. 그동안 받은 전단지가 백 장은 넘는다. 혼자 마음 불편해하다가 한 번은 지켜봤다.

　사실 전단지를 나눠주는 사람은 다른 사람들을 유심히 보지 않는다. 다가오는 사람들의 허리께를 보고 있다가 한 장 내민다. 거절을 당하면 뒷사람에게 건넨다. 아마 거절을 많이 당해서 부러 얼굴을 보지 않는 것 같은데, 전단지를 받아 든 사람에게 "고맙습니다" 하고

너는 왜 그렇게 생겨 먹었니

말하는 걸 보며 미안한 마음까지 들었다. 제대로 얼굴을 보지도 않는데, 하물며 인상을 보고 나눠줄 리가. 나는 불특정 다수 중 한 사람이자 그냥 '잘 받는 편'이었다.

이런 식의 의심은 자주 있었다.

꼭 끼는 옷을 입고 있으면 누가 쳐다보는 것 같고, 길을 가다가 발이 꼬이면 누군가 한 번쯤 웃었을 것 같은 의심. 내가 다른 사람이 양말을 짝짝이로 신은 걸 유심히 들여다본 일처럼 다른 사람도 나의 어떠한 부분을 관찰할 거라는 생각. 속으로 어떤 말을 할는지 가늠해보기도 한다. 내가 이쪽 길에서 저쪽 길로 걸어가는 게 유독 피곤했던 이유가 있었다.

내가 해외여행을 좋아하는 이유는 사람들의 시선을 신경 쓸 필요가 없기 때문이다. 민소매를 입거나 하물며 브래지어를 착용하지 않아도 빤히 쳐다보는 사람이 없다. 오히려 내가 다른 사람들의 차림새를 힐끗힐끗 보고 만다. 그리고 잘 어울린다거나 과감하다는 등 평가를 내린다. 신경을 쓰는 건 내 쪽이었다.

쉽진 않지만, 단순해질 필요가 있다.

눈에 보이는 만큼만 보기. 부러 내 앞에 있는 상황과 사람에 의미

너는 왜 그렇게 생겨 먹었니

를 부여하지 않는 것이다. 남을 의식한다는 건 그럴싸한 스토리 작가는 될 수 있지만 내 위주로만 흘러가기 쉬운 일이다. 이렇게 되뇌면 도움이 된다.

'생각만큼 사람들은 내게 관심이 없다.'

뭐
재미있는 일

○ 관찰일기

별안간 운석이라도 떨어지기 바랐다.

매일 겪는 일에 익숙해졌다. 아침에 일어나 물 한 컵을 마신다. 씻고 나서 머리카락을 반만 말린다. 텔레비전을 틀어놓고 옷을 입는다. 바지에 한 쪽 발을 밀어 넣으면 다른 쪽 발이 저절로 들린다. 보지 않아도 제자리에 몸을 밀어 넣을 수 있다. 연속 동작으로 밖에 나선다. 그날은 한 친구에게 메시지가 와 있었다. '요즘 잘 지내?' 딱히 대답할 말이 없었다. 재치 있는 답을 보내야 하나, 사실대로 고해야 하나 고민하다가 '별 탈 없이 지내'라고 보냈다. 예전에 나눈 대화를 살펴보니, 그때 역시 이런 말로 시작했다. '요즘 뭐하고 지내?'

별 탈 없이 지내는 게 좋은지 모르겠는 날. 하루 아침에 백만장자

너는 왜 그렇게 생겨 먹었니

가 되거나 눈앞에 외계인이라도 나타났으면 하고 바란다. 운석이 떨어진다면 인명 피해가 없었으면 좋겠다는 현실적인 바람도 더한다. 뭐 재미있는 일이 없나 찾으면서도 흥미로운 사건은 정작 내 바깥에서 일어나길 기대하는 것이다. 예전에는 정말 굴러가는 낙엽만 보고도 웃었던 것 같은데. 단풍은 매년 떨어지는데 그걸 바라보는 나는 조금 변해 있었다.

'뭐 재미있는 일'을 바깥에서 찾아보다가, 내가 할 수 있는 일을 찾아보기로 했다.

기왕이면 돈과 시간을 들이지 않는 일이었으면 싶었다. 주머니에 넣어두었다가 언제든 꺼내볼 수 있는 일. 하루 네 줄 관찰일기를 쓰기 시작했다. 학창 시절 수업 과제로 쓰던 일기다. 하루에 한 가지 사물을 정해서 그것을 관찰하고 문장을 적는다. 시각, 청각, 촉각 등의 감각이 드러나도록 써야 한다. 원래대로 한다면 오히려 재미없는 일이 될 테니 그냥 관찰하는 데 의미를 뒀다.

한마디로 휘뚜루마뚜루 쓰는 것이지만 최소한의 규칙은 있다. 잘 쓰려고 노력하지 않기. 나는 학생이 아닐뿐더러 누군가에게 평가받을 이유도 없었다. 오늘 관찰한 사물을 내일 또 관찰해도 좋고, 심심하면 두 편씩 써도 된다. 최근에는 지하철 손잡이를 관찰했다.

지하철 손잡이는 세모나다.

시험지 위 세모 표시 같다.

세모난 손잡이 안으로 사람들 얼굴이 들어찼다가 튕겨 나간다.

지하철 문이 열리면 사람들이 고개를 갸웃 저으며 빠져나간다.

쓰고 나서 종이를 뜯어버리려다가 규칙을 생각했다. '잘 쓰려고 노력하지 않기.'

관찰일기를 쓰면서부터는 주변의 물건을 다시 보게 됐다.

커피잔에 담긴 빨대를 보고서는 내가 빨대를 씹는 버릇이 있다는 걸 새삼 알았고, 자주 메고 다니던 가방을 관찰했을 때는 내가 지퍼를 잘 잠그지 않는다는 사실도 알았다. 익숙한 물건을 들여다보면서 새로운 인상을 받고, 나중에는 내가 그 물건을 어떻게 사용하는지도 알게 되는 것이다. 잘 모르던 나의 행동을 발견하고 나면 나라는 사람이 새삼 반갑다.

아무런 사건 사고도 일어나지 않은 날. 주머니에서 수첩을 꺼낸다.

그리고 뭐 재미있는 일을 찾아 하나씩 기록해둔다.

너는 왜 그렇게 생겨 먹었니

어쨌든
저녁이 있는
삶

○ **알람**

주머니에 넣어둔 휴대전화 알람이 울린다.

저녁 여덟 시다. 사진을 찍어 SNS에 업로드한다. #저녁이있는삶. 매일 저녁 여덟 시의 일상을 기록하고 있다. 1년 동안 300편 가까이 게시글을 올렸다. 여느 일처럼 호기롭게 시작했지만 지금은 몸이 아프다거나 휴대전화가 꺼졌다는 등의 이유를 핑계 삼아 거르는 일도 있다. 보는 사람도 하는 사람도 재미없는 이 행동은 작은 반발심에서 시작됐다.

'내 저녁 시간을 보장하라!'

나는 습관적 '야근러'다. 입사 초기에는 신입의 열정을 보여주기 위해, 이후에는 같이 저녁을 먹거나 눈치를 보느라 야근을 했다. 대

너는 왜 그렇게 생겨 먹었니

체로 팀워크를 위한 일이었다. 내 시간을 할애해도 결국 나에게 남는 게 없다는 걸 깨달았을 땐, 이미 습관적 야근러가 되어 있었다. 퇴근 후엔 한 시간이라도 '내 시간'을 갖기 위해 술을 마시거나 눈이 감길 때까지 휴대전화를 만지곤 했다.

늦게 퇴근하고, 늦게 자고, 아슬아슬하게 출근했다. 생활도 무기력해졌다. 평일에 친구를 만나거나 드라마 본방송을 챙겨 보는 일에 대해 '해야지'보다 '할 수 있을까' 하는 생각을 더 많이 했다. 습관적으로 야근을 할 뿐 아니라 습관적으로 내 즐거움도 단념하고 있었다.

그래서 나와 협상을 시도했다.

즐거움을 단념하는 대신 다른 즐거움을 선물해주기로. 하나는 기다리는 즐거움이다. 매일 저녁 여덟 시 알람에 맞춰 사진 찍는 이벤트를 열었다. 다른 하나는 훔쳐보는 즐거움이다. 사진들로 하여금 잊힐 뻔한 장면들을 훔쳐와 본다.

협상의 효과가 있는지 물어본다면, 사실 크지는 않다.

여덟 시를 손꼽아 기다리거나 여덟 시가 되기 전에 퇴근해야겠다는 생각으로 열일을 하지도 않는다. 무엇보다 내 일상을 왜곡하지 않겠다는 의지가 한몫했다. 보정과 연출 없이 사진을 찍다 보니 얼핏 괴기스러운 사진도 있다. 특정 시기에는 사무실과 야근 중 찾은 식당 사진이 대부분이라 어디 자랑하기도 애매하다. 우울해지지나 않으면 다행일 테고.

그렇다고 효과가 아예 없지는 않다.

사진이 쌓이면서 그날그날의 감정을 되새길 수 있는 일기장이 됐다. 그리고 여덟 시면 잠시 손을 놓을 수 있게 되었다. 별 소득 없이 해오는 자책이나 생각을 잠시 내려놓고 당장 눈앞에 있는 것을 보게 만든다. '아 맞다' 하면서 당장 발 딛고 선 곳을 바라보게 한다고나 할까. 내가 사무실에 있든 집에 있든 여덟 시는 온다. 어쨌든 저녁은 있는 삶이라는 거다.

순전히 나만을 위한 SNS에는 예쁜 사진도 좋은 글귀도 없다. 정보성은 더더욱 아니다. 그럼에도 저녁 여덟 시마다 소소한 질문을 던진다.

"오늘 여덟 시, 무엇을 하고 있나요?"

너는 왜 그렇게 생겨 먹었니

둘이 하는
여행

○ 실수

　혼자 여행한다는 건 계획을 세우는 것도 책임을 지는 것도 혼자라
는 뜻이다.

　미리 식당 휴무일을 알아보지 않아 헛걸음을 하더라도 미안해할
사람이 없다. 처음 혼자 여행을 떠난 계기는 같이 갈 사람이 없어
서였다. 두려움 반, 설렘 반으로 혼자 떠난 여행은 생각보다 괜찮았
다. 불필요한 말을 하지 않고, 늦은 시간까지 놀다가 다음날 피곤해
하지 않았다. 일상이 유흥이었다면 여행에서는 진지해지는 것도 좋
았다. 혼자가 편하다는 걸 느낀 이후로는 대부분의 여행을 혼자 떠
나게 됐다.

　한 달 동유럽 여행을 앞두고 걱정이 됐다.

너는 왜 그렇게 생겨 먹었니

체코, 오스트리아, 슬로베니아, 헝가리를 가기로 했다. 역시 혼자였지만 유럽은 처음이었다. 메트로 티켓을 사는 방법부터 몇 번 버스로 갈아타야 하는지를 알아봤다. 식당에서 화장실에 갈 때는 가방을 꼭 챙겨야겠다고도 생각했다. 또 다른 걱정은 동행이었다. 마침 비슷한 시기에 친구가 이탈리아에 가 있었다. 우리는 헝가리에서 만나 여행 후반을 함께 보내기로 했다. 해외에서 친구를 만난다는 게 반가우면서도 한편으로는 혼자 누릴 수 있는 시간이 줄어들 것 같았다.

열 시간 넘게 온 여행지에서는 거의 모든 일을 계획대로 했다. 20분 거리를 한 시간 동안 헤매긴 했지만, 미리 휴무일과 브레이크 타임을 알아둔 덕에 닫힌 가게 문 앞에서 돌아오는 일은 없었다. 다만 계획에서 벗어난 일에 대처하기는 어려웠다. 분위기 있는 펍 주변을 어슬렁거리다가 돌아오고, 게스트하우스에 가서는 차마 라운지에 내려가지 못해 돌아왔다. 이럴 거면 한마디도 하지 말라는 건지, 감기 때문에 목이 부어서 'Beef'라는 단어도 꺼내지 못했었다. 혼자 누리는 시간이 지독하다고 여길 즈음 헝가리 부다페스트에 도착했다.

타지에서 친구를 만난다는 건 참 이상한 일이다.

친구는 밤 열한 시에 숙소에 도착했다. 나는 친구를 보자마자 얼마나 아팠는지 아냐면서 울분을 토했다. 친구는 내게 비행기가 안내방송 없이 연착되는데도 사람들이 너무 평온했다면서 울분을 토했다. 우리는 이 시간도 아깝다며 숙소 근처 펍으로 향했다. 혼자였을 때는 낯설고 무서웠는데, 익숙한 사람과 함께 있다는 사실만으로도 거리낌 없이 문을 열 수 있었다. 영업 종료 시간까지 떠들다가 숙소로 돌아왔다. 그리고 침대에 누워 얘기했다. "내일 뭐할까?" "몰라, 일단 자자."

함께 머무는 일주일 동안 한 번도 알람 시간에 일어나지 않았다.

계획은 있었지만 막상 제대로 지켜진 건 없었다. 세체니 온천에 가려고 수영복을 준비했지만 꺼내지도 못했으며, 중앙시장에 갔다가 마감 시간 때문에 20분 만에 나왔다. 계획에 없던 일들에서는 얻은 게 더 많았다. 광장에서 길을 잃어버렸는데 그곳이 성 이스트반 성당이었다. 정처 없이 걷다 너른 잔디밭도 발견했다. 주변을 의식하지 않고 태닝을 하거나 책을 읽는 모습이 인상적이었다. 지도를 찾아봤지만 '대학 광장'이라는 정보만 알 수 있었다. 우리는 밤낮으로 그곳을 찾았다.

둘이 하는 여행에서 우리는 실수를 웃음으로 넘겼다.

메트로 환승을 잘못해도 웃었고, 웨이터가 부러 우리 쪽에 주문을

너는 왜 그렇게 생겨 먹었니

받으러 오지 않아도 웃어넘겼다. 낮 동안에는 길을 잃어버리다가, 밤이 되면 부다페스트 야경을 구경했다. 밤의 낭만을 느끼겠다면서 맥주를 마시며 "취한다"는 말을 열 번도 넘게 했는데, 알고 보니 무알콜 맥주였던 적도 있다. 야경에 취했다면서 또다시 웃어넘겼다. 많은 시간을 함께하기에 오히려 서로 딴생각을 하며 걷거나 주변을 둘러보는 일도 자연스러워졌다. 그러니까 꼭, 혼자라서 가능한 것만은 아니었다.

혼자 하는 여행을 여전히 좋아한다. 하지만 둘이 하는 여행도 좋아하게 됐다. 둘이라서 낯선 가게의 문을 열어젖힐 수 있다. 실수를 내 책임으로 받아들이느냐와 실수를 웃음으로 넘겨버리느냐의 차이도 있다는 걸 알았다.

혼자든 둘이든, 아니면 여럿이든 여행이라는 게 하나는 내주고 다른 하나를 얻는 과정이라는 건 같다.

너는 왜 그렇게 생겨 먹었니

내가 하고
내가 듣는
말

○ **혼잣말**

　혼잣말이 늘었다.

　집에 들어서면서 "누구 없나" 하고 집 안을 둘러본다. 밥을 먹을 때는 "무엇을 먹을까요" 하고 멜로디를 붙여서 말한다. 정작 하는 사람은 잘 모르고 있다가 주변 사람이 알려준 후에야 알게 된다. 나도 주변 사람이 내 혼잣말에 "네?"라고 답한 후에야 혼잣말을 하고 있었다는 사실을 알았다. 집이나 회사, 사실 어디서든 나는 나에게 말을 잘 거는 편이다.

　처음에는 식사 메뉴를 고르거나 일상적인 이야기를 하는 데 그쳤다. 대개 말하는지도 모르게 넘어가는 경우가 많다. 그런데 내 귀에도 들리는 혼잣말이 있었다.

"내가 미쳤지."

잠들기 전 천장을 보다가, 불현듯 예전 일이 떠올랐다. 상대방에게 자존심을 세우지 않아 결국 '속없는 애' 취급을 받았던 일이다. 그날에 3초 정도 머물렀다가 내 말소리를 듣고 주변을 돌아봤다. 지금 내가 들은 게 내 목소리가 맞나 싶어 가만히 있었다.

나는 불쑥불쑥 떠난다.

술김에 묻지도 않은 내 과거사를 고백한 날, 눈치 보다가 일을 떠안은 날, 그리고 마음속에 차오른 말이 너무 많아서 입 밖으로 꺼내지 못한 날. 창피하거나 억울한 일들은 꼭 다음날, 아니 몇 년 뒤까지 내 안에 남아 있는 모양이다. 오히려 부풀어질 수도. 평소에는 잘 드러나지 않다가 밤마다 깜짝 하고 나를 그 시간에 데려다놓는다. 정말 그 시간으로 돌아갈 수 없다는 걸 잘 알아서 말로만 나를 질책하고 만다. 말로만 하는 후회. 나는 혼잣말처럼 후회했다가 다음날 또 어떤 혼잣말로 후회를 하고 있을지 모를 일이다.

내 귀는 과거를 향한다. 일상적인 혼잣말은 잘 듣지 못하면서 과거의 일에는 귀를 쫑긋 세운다.

너는 왜 그렇게 생겨 먹었니

흔히 '이불을 찬다'고 말하는 사람. 내가 말하고 내가 듣는 말이 많아질수록 과거의 내게 미안한 마음이 든다.

지금 혼자 한 말을 다음에는 맞은편 사람에게 하겠다는 생각으로 겨우 잠에 빠져 든다.

그냥
하는 게
빠르다

o 낭독회

대학 때부터 6년 된 스터디 모임이 있다.

같은 전공 교수님 수업을 듣는다는 이유로 결성된 모임인데, 졸업 후에도 모임을 이어가고 있다. 처음 2년은 일주일에 한 번씩 시를 가져와 합평을 했다. 가을이면 신춘문예 투고용 시를 나눠 봤다. 어쩌다 최종 심사에 이름을 올리면, 그동안 우리 우편물이 누락된 게 아니었다는 사실에 안도했다. 이후 각자 회사원과 대학원생이라는 이름을 가졌다. 이때부터는 한 달에 한 번 모임을 가졌는데, 최종 심사에 이름만 올라가는 게 우리를 약 올리는 것 같다며 술을 마셨다.

지금은 분기마다 한 번씩 만나 그냥 술을 마신다. 그러고는 시 대신 근황을 꺼내 놓는다. 모임을 파할 때쯤이면 술이 올라 약속을 하

너는 왜 그렇게 생겨 먹었니

고 헤어진다. 하나는 독립출판물을 내자는 것. 다른 하나는 우리끼리 낭독회를 해보자는 것.

매번 기약 없는 약속을 하고 헤어지는 게 꼭 일기장을 들춰보는 일 같았다. 일기장에는 내일의 할 일부터 신년 목표, 미래의 모습들을 그려 넣는다. 일기장을 적는 순간만큼은 '하겠다'는 의지가 솟는데, 막상 다음날이면 못 본 척 넘어간다. 그래서 일기장만큼 불편한 물건도 없다. 10년 전 다짐과 1년 전 다짐이 크게 다르지 않다는 걸 확인하고는 '역시 제자리구나, 지긋지긋하다'며 자괴감을 느낀다.

지긋지긋해서 해보기로 했다.

다시 한 번 가진 모임에서 "그럼 날짜를 잡자"고 말해버렸다. 뜬구름 잡던 일이 막상 현실이 되려고 할 때 사람들은 이런 반응을 보인다. '할 수 있을까.' 우리 세 사람 역시 그랬다. 그냥 할 수 있는 일을 하자고 했다. 형편상 출판보다 낭독회가 좋을 것 같았다. 2018년 10월 13일 뜰 낭독회.

우려와 달리, 날짜를 잡고 나니 다른 일들도 차례차례 정해졌다. 새로 쓴 글이 없으면 몇 년 전에 써둔 것이라도 읽기로 했다. 장소는 스터디 모임 언니의 남편 가게를 빌렸다. 다행히 주말에는 장사를 하지 않았다. 포스터는 회사 동료에게 부탁했다. 문제는 사람을 초대하는 일이었다. 얼렁뚱땅 여는 낭독회인 만큼 사람들도 이 자리를 부담스러워하지 않기 바랐다. 연락처를 헤집어 열맷 명에게 초대장을 건넸다.

낭독회 당일이 됐다. 대학 동기와 후배, 고등학교 친구, 회사 동료 여덟 명이 왔다. 서로의 친구를 불러 모은 자리는 처음이었다. 어색하고 떨리는 분위기에서 두 편씩 시 낭독을 했다. 나는 말을 더듬었다. 나름 다채롭게 꾸며보겠다며 축하 공연도 준비했다. 세 번 연속 〈쇼 미 더 머니〉 예선에서 탈락한 친구가 랩 공연을 해줬는데, 왜 그런지 다들 수긍하는 분위기였다. 가게가 통유리로 되어 있어서 오가는 사람들과 자주 눈이 마주쳤다. 밖에서 보기에는 우리가 어떻게 보일지 궁금했다. "재밌게들 논다"고 생각해줬으면 싶었다.

'할 수 있을까'라며 몇 년 동안 고민하던 일이 두 시간 만에 끝나버렸다. 1년 전의 일을 두고두고 떠올리며 우리는 일기장에 한 줄을 추가했다. 2019년에 두 번째 낭독회 열기. 그날에 맞춰 책도 만들어내자고 했다.

이번에는 "할 수 있을까?"라고 질문하는 사람이 없었다.

너는 왜 그렇게 생겨 먹었니

나에게
주는
선물

○ 예쁜 쓰레기

인생의 풀리지 않는 난제는 '월급이 다 어디로 갔을까' 하는 것이다.

직장 생활을 한 지 5년이 됐다. 매달 통신비와 교통비, 실비보험, 주택청약으로 일정 금액이 빠져나간다. 친구들하고는 여행계, 자매끼리는 비상금계, 그리고 개인 적금을 붓는다. 많아 보이지만 다 해서 월급의 반도 안 된다. 물론 적금의 비중이 낮을 뿐, 월급이 많다는 건 결코 아니다. 여기서 고민이 시작된다. 나머지 월급은 다 어디로 갔을까.

내 월급의 반 이상은 두 장의 신용카드 결제 대금으로 나간다. 하나는 에어컨을 할인받으려고 만들었고, 다른 하나는 휴대전화를 할인받으려고 만들었다. 만들어놓고 보니 개당 30만 원씩 써야 하는

너는 왜 그렇게 생겨 먹었니

사람이 돼버렸다. 노력하지 않아도 30만 원쯤 거뜬히 넘긴다. 돈을 아끼려면 고정비용만 신용카드로 쓰면 된다고 한다. 안다. 시도해 보지 않은 건 아니다. 변명이지만 매달 신용카드 대금을 갚고 나면 통장에는 10만 원이 남고, 그마저도 남지 않을 때가 더 많다.

어떻게 하면 신용카드를 덜 쓰고 적금을 더 부을 수 있을까, 아니 다음 월급날까지 현금을 사용할 수 있을까. 문제는 식비와 쇼핑비였다. 밥값이 많이 올랐다는 말은 핑계였다. 카드 내역을 살펴보니 편의점이 반 이상이었다. 천오백 원짜리부터 삼만 원까지. 아마 출퇴근길에 원 플러스 원 보리차를 사마시고, 검은색 펜이나 반짇고리처럼 그때그때 있으면 좋을 물건들을 샀기 때문이다. 없으면 빌리거나 한 번 참으면 될 물건들. 적은 금액으로 매일 쇼핑을 한 셈이다.

편의점에서 산 음식은 한참 전에 소화시켰고, 물건들은 어디 있는지도 모른다. 이러다 거지꼴을 면치 못하겠다는 생각보다 그냥 억울했다. 그 돈으로 여행을 가거나 두고두고 입을 코트를 살 수 있었다. 당장 입고 있는 옷만 해도 금방 보풀이 일어서 내년이면 새로 사야 하는데 말이다.

그 돈으로 다른 물건을 사겠다고 하자, 언니는 코웃음을 쳤다.

그냥 돈을 모으라고 했다. 나의 입장은 흐트러지지 않았다. 어차피 사라지는 돈, 기왕이면 매일 보고 기분 전환할 수 있는 물건을 사는 게 효율적이라는 것이었다. 그렇다고 명품을 사려는 건 아니었다. 관심도 없을뿐더러 몇 달씩 모을 자신은 더 없었다.

나는 하루에 세 번씩 가던 편의점을 한 번으로 줄였다. 대신 가죽 지갑 하나를 샀다. 내 기준에서 비싼 화장품과 트렌치코트 한 벌도 샀다. 머리맡, 책상 위, 가방 속에 물건들이 쌓였다. 내 표현으로는 나에게 주는 선물, 언니 말로는 예쁜 쓰레기였다.

예쁜 쓰레기 하나를 사는 게 지금은 어디 있는지도 모를 반짇고리 스무 개를 사는 것보다 좋다. 적어도 내가 산 물건이 어디에 있는지는 알고 있다. 필요할 때마다 꺼내 쓰고 기분 안 좋을 때마다 꺼내 볼 수 있다.

다음 단계는 돈 모으기일 수도 있지만, 당장은 주변을 내가 좋아하는 것으로 하나씩 채워나가는 걸 즐긴다.

현실
서른

○ 서른

드라마 〈멜로가 체질〉을 즐겨 봤다.

세 여자가 등장하는 수다 블록버스터로, 밤마다 맥주를 마시며 수다 판을 벌인다. 누군가 실수를 하면 따뜻한 위로 대신 체념을 안겨준다. '어쩔 수 없어. 받아들여.' 꽤나 현실성 있는 반응이라고 생각한다. 다만 풀리지 않는 의문은 이들이 모두 서른이라는 점.

함께 독립영화를 만들던 남자와 사랑에 빠지고, 영화가 성공해 부자가 됐지만 정작 남자는 불치병으로 잃고 만 여자. 대학 때 사귄 남자에게 개그맨이라는 꿈을 심어주고 자신은 싱글 맘이 된 여자. 짧은 보조작가 생활을 하면서 쓴 대본이 스타 감독 눈에 띄어 메인작가로 데뷔하게 된 여자. 내가 잘 아는 서른의 이야기는 아니다.

너는 왜 그렇게 생겨 먹었니

극 중 드라마 작가가 쓰는 〈서른 되면 괜찮아져요〉라는 대본처럼, 인물들도 서른을 기점으로 자신의 상황을 받아들인다. 서른에 일이나 사랑을 실현하는 것만도 비현실적인데 하물며 괜찮아진다니. 내가 공감할 수 있는 건 이들이 당면한 상황에 마냥 정색하지 않는다는 점뿐이다.

드라마 속 서른은 역시 드라마틱하다.

드라마 밖 서른, 그러니까 나와 내 서른 살 친구들은 괜찮지 않다. 학자금 대출을 다 갚지 못했고, 회사에서는 아직 막내 생활을 하고, 한 번 해외여행을 다녀오면 1년은 회사에 메어 있다. 일요일과 월요일마다 우울해한다. 결국 우리가 어쩔 수 없다는 걸 깨달은 뒤에야 서로에게 "받아들여"라고 말해준다.

십 대와 이십 대에 바라본 서른의 모습은 다르다. 십 대에는 무언가 이뤄 놓은 사람이라고 생각했고, 이십 대에는 '그래도 나는 이루겠지' 하고 생각했다. 그리고 지금 바라보는 서른은 그냥 나이일 뿐이다. 내 생각은 변해가는데, 드라마에서 말하는 서른의 모습은 크게 변하지 않았다. 지금의 나는 천 피스짜리 퍼즐을 맞추듯 서른과 어른의 모습을 한데 조립하다가 손을 놓았다. 받아들이라는 말은 사실 "괜찮지 않으니 웃어 넘겨"라는 위로와 같다. 당면한 상황이 장면 바뀌듯 일순간 좋아지지 않으니, 굳이 애쓰지 말자는 이야기다.

　가끔 내가 어른이라고 생각했던 사람들이 떠오르는데, 그중에서도 교생 선생님들의 안부가 궁금해지고는 한다. 선생님이라는 이름 때문에 더욱 어른 같았지만 이십 대 중반에 불과했다. 어린 나이에 교생 실습을 나간 게 대견하기도 하고, 아이스크림을 두 번이나 얻어먹은 게 미안하기도 하다. 내 친구는 스물넷에 교생 실습에 나서며 "그때 우리가 얼마나 까불었을까"라고 반성의 시간을 가졌다. 당시에는 나이가 많은 사람에게 이해받는 게 당연하다고 생각했는데, 지금 생각해보면 꼭 그렇지 않으니까.

너는 왜 그렇게 생겨 먹었니

나의
장례식

○ 장례식

다섯 번의 장례식에 다녀왔다.

처음 간 곳은 대학 선배의 장례식이었다. 나는 학생회 임원 자격으로 참석했고, 학교 사람들이 오면 자리를 안내해주는 역할을 맡았다. 그 선배와는 같은 시기에 학교를 다니거나 인사를 해본 적이 없었다. 모르는 사람의 죽음, 그리고 처음 가본 장례식장에서는 모든 게 잘못 놓여 있는 것처럼 느껴졌다. 당시 이십 대였던 선배는 영정사진이 없었다. 선배의 증명사진 앞에서 젊은 조문객들이 마지막 인사를 했다. 눈앞에 벌어진 일을 받아들이는 데 한참의 시간이 필요했다.

준비된 죽음이라는 건 없다고 생각한다. 갑작스러운 사고나 스스로의 결단이든, 죽음은 외부적인 상황으로 만들어진다. 할머니와 할아버지가 돌아가셨을 때, 우리는 '이만하면 호상'이라고 여기기로 했다. 여기는 것과 받아들이는 것에는 차이가 있었다. 영정사진을 보며 한참을 앉아있든, 차가운 몸에 삼베옷을 입히고 마지막으로 손을 한 번 잡아보든, 생전에 지내던 집을 청소하든, 받아들이는 데에는 오랜 시간이 걸린다. 그리고 그건 남은 사람의 몫이다.

'내가 죽으면 몇 사람이 울어줄까' 하고 생각한 적이 있다.

나를 힘들게 했던 사람에게는 죄책감을 안겨주고, 나의 죽음을 진심으로 슬퍼해주는 친구는 몇이나 될지도 알 수 있을 것 같았다. 울어주기를 바랐다. 지금 생각해보면, 정작 가족과 가까운 친구의 마음은 궁금해하지 않았다. 내가 사랑하는 사람들이 울지 않았으면 좋겠다. 나의 죽음을 호기심이 아닌, 나와 남은 사람들을 위해 다시 바라보기로 했다.

내 장례식은 그냥 나에 대해 이야기해주는 자리가 되었으면.

나의 빈자리를 드러내기보다, 나를 기억하는 사람들이 모여 그 빈자리를 채워주었으면 한다.

장례식은 내가 가장 많은 시간을 보낸 집에서 열고 싶다. 후일에

너는 왜 그렇게 생겨 먹었니

내 물건을 정리하지 않아도, 그날 하나둘 정리하며 일찍 비워낼 수 있겠다. 영정사진은 찍고 싶지 않다. 파란색 배경에 무표정한 얼굴이 담기는 게 유쾌하지 않다. 대신 사람들이 나와 함께 찍은 사진들을 가지고 와서, 벽에 붙여 두고 유심히 들여다봐주었으면 한다. 너무 신나서 찍은 나머지 흔들린 사진도 좋다. "이때 진짜 웃겼는데", 그리고 "이거 기억나?" 하며 잊고 지냈던 추억을 하나둘 꺼낼 테지. 함께 만든 추억이 생각보다 많다는 걸 알게 되지 않을까.

식탁에는 내가 좋아하는 음식을 놓는다. 김치찌개, 진미채 볶음, 멸치 고추 조림, 잡곡밥. 술은 종류별로 있어야 한다. 다 같이 밥을 먹고 "얘는 짜게 먹어서 문제야"라고 말하는 사람도 있었으면 싶다. 아직 음악 취향이 분명하지 않아서 사람들이 어떤 노래를 들어주면 좋을지는 모르겠다. 각자 좋아하는 음악을 들어도 된다. 두세 시간을 우리 집에서 잘 보고, 이야기하고, 먹다가 집으로 조심히 돌아가면 된다. 만약 그 집에 우리 가족이 남아 있다면, 몇 시간만 더 우리 가족 옆에 있어줬으면 좋겠다. 웃겨주면 더 좋고.

장례식은 떠난 사람이 아닌 남은 사람을 위한 자리여야 한다. 나는 3일 밤낮 자리를 비우고 그곳에 남은 사람을 앉혀놓는 게 미안하다. 한 끼 먹고, 먹는 김에 나의 물건도 함께 정리한다면 좋겠다. 그 과정이 갑작스럽게 느껴지지 않도록 다른 사람도 조금 도와주었으면.

지난 장례식에서는 이야기를 하기 전에 한숨을 쉬었다.

떠난 사람을 위해 울지도, 그렇다고 웃지도 못했다. 한숨은 떠난 사람의 빈자리를 더 드러내는 일인 것 같다. 빈자리를 장난스러운 불평과 웃음으로 채워주면, 적어도 내가 그렇게 하길 바란다면 어떨까.

떠난 사람을 떠올릴 때 마냥 슬프지만은 않을 것 같다.

너는 왜 그렇게 생겨 먹었니

사실 나를 돌아보는 일은 유쾌하지 않다. 열 번 다짐하면 그중 아홉 번은 잊어버리고, 남은 한 번은 하다가 만다. 매순간 희망차게 살아온 것도 아니다.

우리가 살아온 시간도 매순간 유쾌하지만은 않았을 것이다.

다른 사람에게 보여주고 싶지 않은 생김새가 있다. 찌질해 보일까 싶다. 나에 대해 함부로 아는 척하는 게 싫을 수도 있다. 나는 그동안 숨기는 데 급급한 나머지 나의 생김새를 유심히 들여다본 일이 적다. 그래서 자꾸 내 감정에 대해 좋은 것 '같다' 말하고, '기억이 나지 않는다'고도 한다.

책을 만들면서 몇 번이나 과장을 보태고 싶었지만, 그러면 하나마나 한 이야기가 될 것 같았다. 모두 솔직하게 썼냐는 질문에는 대답하기 어렵다. 솔직한 게 좋은 거라면, 무단히 나를 뜯어보는 습관을 들여보려고 한다.

···

가족에게는 우리 이야기를 책으로 낸다는 사실을 가장 나중에 전했다. 왜 미안한 마음이 들었는지는 모르겠다. 책을 출간한다는 내 말에 엄마는 이렇게 물었다. "그래서 어떻게 되는데?"

바뀌는 건 아무것도 없다. 쓰다 보니 나라는 사람에 대해 조금 더 생각하게 됐고, 내가 가족과 주변을 어떻게 바라보는지 짐작할 수 있었다는 정도.

누군가에게는 공감이 될 수도 있고, 다른 누군가에게는 전혀 새로운 이야기일 수도 있다. 우리가 저마다 다르게 생겨 먹었다는 정도만 한 번쯤 생각해줬으면 좋겠다.

어느 쪽이든 작은 이야기에 귀 기울여준 사람들,
그리고 사유에게 고맙다.